Annette G. Krupka

Filmriss

5 Fall um Katherina "Kate" Schulz

Impressum

© 2020 Annette Gisela Krupka
Herstellung und Verlag: BoD – Books on Demand,
Norderstedt
ISBN 9783751917339

Das Buch

Völlig verstört und blutüberströmt taucht Elke Wildner in der Notaufnahme des Plauener Klinikums auf. Schnell wird klar, es ist nicht ihr Blut. Es ist das Blut einer ihr völlig fremden Frau.
Doch die ist tot. Erstochen mit einem Messer, das Elkes Fingerabdrücke trägt.
Aber noch während sie im Klinikum liegt, verschwindet Elke, selbst Krankenschwester, plötzlich. Freiwillig?
Während ganz Plauen unter einer Hitzewelle leidet, ermittelt die Polizei fieberhaft.
Da erhält Kate Schulz einen verzweifelten Hilferuf.

Kapitel 1

Blut, unfassbar viel Blut. Wo kam es her? Ein ersticktes Röcheln. Wer war das? Wie durch einen Nebel sah sie ein Gesicht vor sich. Jemand, der kämpfte. Kämpfte? Gegen was?

Gegen das Blut, das unaufhaltsam aus ihrem Hals lief. Warum lief Blut aus dem Hals?

Jetzt lief es auch aus dem Mund. Sie versuchte sich an ihr medizinisches Wissen zu erinnern. Blut aus dem Hals und aus der Mund?

Aber alles war in so weiche Watte gepackt, als wolle sie es gar nicht wissen.

Dann war es plötzlich still, ganz still.

Warum sangen keine Vögel hier im Park? Es war dunkel, vielleicht deshalb?

Sie sah an sich selbst herab. Auch hier war Blut, viel Blut.

Und ein Messer.

Warum hatte sie ein Messer in der Hand?

Sie drehte es in der Hand hin und her. Es war blutig. Warum so viel Blut?

Sie fuhr sich über die Augen.

Dann sah sie eine Frau vor sich liegen, im Staub, auf dem Weg. Der Kopf war von ihr weggedreht, also stieg sie über den Körper und sah sie an.

Die Augen der Frau waren weit aufgerissen und starrten sie an.

„Du, du hast mich getötet", schienen sie zu sagen.

Sie sah auf das Messer in ihrer Hand.

Ja, sicher hatte sie die fremde Frau da vor sich getötet, denn sie hatte ja ein Messer, ein blutverschmier-
tes Messer.

Sie warf es ins Gebüsch. Weg damit. Sie wollte nichts
mehr damit zu tun haben. Nichts mit dem Messer,
nichts mit dem Blut, nichts mit dieser Frau.

Nur weg hier.

Aber sie konnte sie doch nicht hier im Staub liegen
lassen? Das tat man einfach nicht.

Die Welt drehte sich um sie und sie sah Augen.

Augen, die sie beobachteten, jeden ihrer Schritte.

Wenn sie so beobachtet wurde, musste sie etwas tun,
schnell sogar.

Also nahm sie alle Kraft zusammen und zerrte die
Frau nach oben. Deren Kopf sank nach hinten, direkt
an ihre Brust, aber sie schaffte es, sie auf die Bank zu
setzen. Dann legte sie den Kopf der Frau auf die
Banklehne. So sah es gut aus.

„Vielleicht ist sie auch gar nicht tot?", raunte ihr eine
Stimme zu.

Aha, die Augen sprachen auch.

„Dann schläft sie jetzt", antwortete sie.

Sie hörte ihre eigene Stimme, ganz klar und deutlich.

So saß die Frau sicher bequem. Sie trug allerdings
nur ein leichtes Sommerkleid. Würde sie frieren?

Aber es war ja so warm, sogar jetzt, in der Dunkel-
heit. Sie würde nicht frieren, ganz sicher nicht.

Aber sie selbst musste jetzt gehen, sie musste morgen
zum Dienst, oder? Ganz sicher musste sie das.

Dann sah sie die Tasche liegen, mitten auf dem Weg.

Sie hob sie auf und legte sie neben die Frau.

Jetzt sah alles gut aus, ordentlich.

Sie liebte es, wenn es ordentlich war. Im Beruf und auch privat. Chaos mochte sie nicht.

Langsam ging sie nach oben, an die Kirche, die Lutherkirche, ja, jetzt fiel ihr auch der Name ein.

Und der Ort, an dem jetzt die Frau mit dem leichten Sommerkleid saß und schlief. Das war der Lutherplatz.

Ein Auto hielt neben ihr und plötzlich wurde die Autotür geöffnet, ganz weit.

Die körperlose Stimme sagte: „Steig ein, komm, steig ein."

Sollte sie das tun? Sicher. Sie musste tun, was die Stimme sagte. Sie gehörte zu den Augen.

Also stieg sie ein.

Kapitel 2

Als Hauptkommissar Mike Köhler am Tatort eintraf, musste er sich erst einmal durch eine Menge an Gaffern kämpfen, die vor der eilig errichteten Barriere aus rot-weißem Flatterband und uniformierten Polizisten nur begrenzt abgehalten werden konnten, noch näher heranzurücken.

Einige hatte ihre Smartphones bereits in Stellung gebracht, um ein vermeintlich gutes Foto zu erhaschen.

Der diensthabende Polizeiobermeister, ein grauhaariger Endfünfziger, hielt Mike das Flatterband hoch, sodass dieser darunter durchgehen konnte.

„Guten Abend, Herr Hauptkommissar", sagte er und deutete mit dem Kopf in Richtung einer Parkbank.

„Die Frau liegt oder vielmehr sitzt da drüben und die beiden Trinkfreunde, die sie gefunden haben, da vorn."

Der sonst so stille Lutherplatz, benannt nach der sich daneben befindlichen Lutherkirche, war von Scheinwerfern erhellt.

Auf der Dobenaustraße standen zwei Polizeifahrzeuge mit eingeschaltem Blaulicht. Direkt vor dem Rathausportal stand das Fahrzeug der Spurensicherung, während ein Krankenwagen, inklusive Notarztwagen, gerade das Gelände verließ.

Für sie war hier nichts mehr zu tun.

„Obermeister Müller, haben sie die Sache hier im Griff?", fragte Mike und deutete auf die Gaffer, die sich immer näher herandrängten.

Dieser nickte zögerlich.

„Ich hoffe mal, dass wir noch etwas Verstärkung bekommen."

Mike zog sein Smartphone aus der Tasche und rief den Bereitschaftsdienst an. Dann trat er an das Flatterband.

„Mein Name ist Hauptkommissar Köhler. Das hier ist ein Tatort. Ich fordere sie nachdrücklich auf, sich zu entfernen. Sollte dem nicht umgehend Folge geleistet werden, wird der Platz von der Polizei geräumt. Und schalten sie sofort ihre Smartphones aus."

Ein Raunen ging durch die Menge. Schließlich entfernten sich die meisten, allerdings unter mehr oder minder leise ausgesprochenem Protest.

Aber einige blieben beharrlich stehen, ja, drängten jetzt nach vorn bis zum Band. Zwei der Jugendlichen hielten ihre Smartphones geradezu demonstrativ in die Höhe.

Der eine, ein Junge von vielleicht 15 Jahren mit kurzen, blondierten Haaren, grinste dabei provokativ Mike an. Dieser wandte sich langsam um.

„Obermeister Müller, nehmen sie bitte die Personalien dieser Leute hier auf, zwecks Anzeige zur Behinderung von polizeilichen Ermittlungsarbeiten."

Dann wandte er sich endlich dem Tatort zu.

Zu seinem Erstaunen sah er die große, kräftige Gestalt des Pathologen Professor Omar Amri, der sich über die Parkbank beugte, sodass Mike nur noch zwei Füße sah, die in hochhackigen Sandaletten steckten.

Mike trat an ihn heran und stellte sich neben ihn.

Jetzt sah er das Opfer. Eine Frau Mitte dreißig, schlank, mit dunkelblondem Haar, dass sie am Hinterkopf mit einer Spange aufgesteckt hatte.

Das leichte, fliederfarbene Sommerkleid war nach oben gerutscht und ließ den Blick auf ein paar gebräunte, wohlgeformte Beine zu. Ihr Kopf lag mit der rechten Wange auf der Banklehne.

Es sah fast so aus, als wolle sie sich ausruhen, wäre da nicht der Schnitt gewesen, der quer über ihren Hals verlief.

„Hallo, Omar, was machst du denn hier?"

Der Pathologe hob den Kopf und lächelte Mike an.

„Hi, Mike. Ich unterstütze die Jungs der Spurensicherung. Zurzeit sogar häufiger, zumal Kollege Weber Vater geworden ist und da haben wir uns geeinigt, dass ich ein paar mehr Bereitschaften übernehme. Aber ich denke mal, dich interessiert erst mal etwas anderes, oder?"

Er streifte die Einmalhandschuhe ab und trat einen Schritt zurück.

„Eigentlich eine ganz klare Sache. Jemand ist von hinten an sie herangetreten und hat ihr die Kehle durchgeschnitten. Kurz und heftig, aber nicht unbedingt professionell. Ich kann es dir nach der Autopsie sicher bestätigen was ich vermute. Die Frau ist nicht an dem unmittelbaren Ereignis gestorben, das heißt, am Schnitt, sondern sie hat eine Menge Blut aspiriert und ist daran erstickt. Kein schöner Tod", schloss der

Pathologe.

Mike trat einen Schritt zurück und ließ die Situation auf sich wirken. Dann sah er Omar an, der nickte.

„Ja, das war auch mein erster Gedanke. Jemand, der um sein Leben kämpft, und das hat sie, seh` dir nur mal das Blutverteilungsmuster an, sitzt ganz friedlich hier?"

Mike trat wieder näher zu Omar.

„Was denkst du?"

„Das sie danach so arrangiert wurde. Es gibt zwei Möglichkeiten. Entweder saß sie auf der Bank und wurde angegriffen. Sie hat sich gewehrt, ist dabei zu Boden gestürzt. Oder aber, sie wurde im Stehen angegriffen und stürzte. Wie auch immer, anschließend wurde sie dann hier abgesetzt.", antwortete dieser spontan, was sich mit Mikes Eindruck deckte.

„Und die Waffe?"

Mike sah sich nach dem Leiter der Spurensicherung um.

Noch ehe dieser zu ihnen herüberkam, meinte Omar trocken: „Ein schlichtes Küchenmesser, gezackt, Klinge 20 cm, Edelstahl, roter Griff."

Als Mike ihn verdutzt anstarrte, sah er das grinsende Gesicht des Leiters der Spurensicherung neben sich auftauchen.

„Da unser Doc noch keine hellseherischen Fähigkeiten hat, hier die Auflösung. Die wahrscheinliche Tatwaffe lag im Gebüsch. Genau zwanzig Meter von hier. Blutbefleckt. Außerdem haben wir Gewebereste und scheinbar auch Hautreste unter den Fingernägeln der Toten. Also ist die Ausgangslage gar nicht mal so schlecht."

Mike atmete tief ein.

„Wissen wir, wer sie ist?"

Inzwischen war auch Obermeister Müller, dem es gelungen war, die restlichen Gaffer erfolgreich zu entfernen, herangetreten und deutete auf eine kleine Handtasche, die in einem durchsichtigen Beutel der Spurensicherung gelagert war.

„Mandy Lange, 34 Jahre, wohnhaft in Plauen, Hainstraße. Sie hatte ihren Ausweis dabei, sowie eine kleine Geldbörse mit 180 Euro, zuzüglich etwas Kleingeld. Dann noch einen Schlüsselbund, eine EC-Karte und eine Master Card."

„Sieht also nicht nach einem aus dem Ruder gelaufenen Raubdelikt aus?", meinte Mike.

Der Leiter der Spurensicherung schüttelte den Kopf.

„Darauf deutet nichts hin. Die Tasche lag direkt neben ihr."

Jetzt sah Mike zu Omar.

„Sexualdelikt?"

Dieser schüttelte ebenfalls den Kopf.

„Nicht nach erster Inaugenscheinnahme. Aber näheres…"

„Nach der Autopsie, ich weiß", ergänzte Mike und zog eine Augenbraue in die Höhe.

Eigentlich hasste er diesen Satz. Aber Omar hatte völlig recht, sich nicht in Mutmaßungen zu ergehen.

Der Leiter der Spurensicherung deutete auf eine Bank in einiger Entfernung, vor der zwei uniformierte Polizisten standen.

„Dort sitzen die beiden Herren." Er malte mit den Zeigefinger Anführungsstriche in die Luft. „Sie haben die Tote gefunden."

Mike, der sah, dass er hier erst einmal nichts ausrichten konnte, ging zu der Bank, auf dem zwei Männer in mittleren Jahren saßen.

Der eine zog gerade heftig an seiner Zigarette, während der andere einen tiefen Schluck aus einer Bierflasche nahm.

Als die beiden Polizisten sahen, dass Mike sich näherte, trat ihm einer, ein junger Mann mit auffallend hellen Augen, entgegen.

„Guten Abend, Herr Hauptkommissar. Die beiden sind sozusagen alte Kunden von uns. Sie sind oft hier und trinken, Alkoholverbotszone hin oder her. Ein paar kleinere Delikte, wie Schwarzfahren und Ruhestörung, aber sonst sind sie harmlos. Sie wollten die Frau von *ihrer Bank*, wie sie sagten, vertreiben. Da sahen sie das Desaster. Sie waren es auch, die uns gleich verständigt haben. Wir waren auf Streife, keine dreihundert Meter entfernt."

Er zeigte in Richtung Stadtgalerie und grinste.

„Die haben sich wie echte Profis verhalten. Einer ist losgelaufen und hat uns geholt. Der andere hat den Tatort gesichert, wie er sagte, also alle anderen ferngehalten. Wenn man bedenkt, dass sie sich auch mit der Tasche aus dem Staub hätten machen können, war es wirklich eine Leistung."

Mike nickte.

„Ihr habt ja die Aussage und die Personalien, dann kann ich mir eine nochmalige Vernehmung erst mal sparen."

Der junge Polizist nickte ebenfalls bestätigend.

„Ja. Im Übrigen haben weder sie noch wir irgendetwas gesehen, was mit dem Täter in Verbindung gebracht werden könnte."

„Da kann man nichts machen", sagte Mike und wandte sich zum Gehen.

Dann stoppte er. Er rief den Leiter der Spurensicherung mit einer Geste näher zu sich heran.

„Habt ihr ein Handy oder Smartphone gefunden?"

Dieser schüttelte den Kopf.

Mike nickte ihm zu und ging jetzt doch zu den zwei Männern, die sich angeregt mit den beiden Streifenbeamten unterhielten. Er hielt nur kurz seine Kripomarke hoch.

„Hauptkommissar Köhler. Haben sie bei der Toten ein Handy gefunden?"

Die beiden sahen sich an und schüttelten fast synchron die Köpfe.

„Nee, Chef. Wirklich nicht. Wir haben nichts genommen, ehrlich."

Der ältere der beiden, der auch das Wort führte, hielt zu Beteuerung seine Hände nach oben.

Mike nickte.

„Danke", sagte er.

Er glaubte ihnen, schließlich machte es keinen Sinn, ein Handy zu nehmen, wenn es genügend Bargeld gegeben hätte.

Er ging zurück zu Omar, der gerade seine Sachen zusammengepackt und noch ein paar Worte mit dem Leiter der Spurensicherung gewechselt hatte.

Dann sah er Mike an.

„Wenn sie hier fertig sind, sollen sie die Frau ins Institut bringen. Ich fange gleich morgen nach der Beratung mit der Autopsie an. Im Übrigen, der Täter oder die Täterin muss selbst mit Blut über und über getränkt gewesen sein. Auch wenn er oder sie mit dem Auto da gewesen sind, es könnte ja vielleicht Zeugen geben, die jemand mit blutverschmierter Kleidung gesehen haben."

„Was für ein Dienst heute wieder mal", stöhnte
Schwester Manuela und streckte sich kurz.

Ihr brünetter Haarschopf stand wie die Stacheln eines
Igels von ihrem Kopf ab, so oft war sie sich schon
durch die Haare gefahren.

Schweigend hielt ihr Corinna Laser, die junge Assistenzärztin, einen Kaffeetopf mit der Aufschrift -*Wir
können nicht alle retten, aber dich schon*- hin, der rand-
voll mit schwarzem Kaffee gefüllt war.

„Du bist Spitzenklasse", sagte die Schwester und
nahm einen kräftigen Schluck.

Dann verzog sie das Gesicht.

„Wer hat den denn gekocht? Der Frühdienst?"

Die Assistenzärztin zuckte die Schultern.

„Vermutlich. Jemand anderes hatte heute wohl kaum
Zeit dazu."

Das stimmte, denn dieser Freitag hätte wirklich ein
Dreizehnter sein können.

Seit Stunden ging es in der Notaufnahme zu wie auf
dem Leipziger Hauptbahnhof.

Neben Bagatellfällen, die eigentlich in die Hausarzt-
praxis gehört hätten, die natürlich Freitagabend nicht
mehr geöffnet hatte, gab es da einen Verkehrsunfall
mit fünf teils erheblich Verletzten.

Fast zeitgleich kamen die zerstrittenen Familienmit-
glieder einer Geburtstagsfeier, die so aus dem Ruder
gelaufen war, dass erst Worte und dann später Fäuste
und Gläser geflogen waren und es schließlich zehn
Verletzte mit Prellungen, Kopfplatzwunden und
teilweise mittelschweren Gehirnerschütterungen gab.

Erst jetzt, gegen 1.00 Uhr, wurde es etwas ruhiger.
Aber Schwester Manuela wusste, dass das nur die
Ruhe vor dem Sturm war.

Denn Freitagnacht war immer Großkampftag, wie
die Kollegen es bezeichneten.

Just in diesem Moment hörte man im Vorraum erst
den spitzen Schrei, der sicher von einer der noch
wartenden Patientinnen ausgestoßen wurde.

Dann die schnellen Schritte einer Kollegin, die die
Tür des Pausenraumes aufriss.

„Notfall", sagte sie nur und sowohl Manuela als auch
die Assistenzärztin sprangen auf und folgten ihr.

In dem hell erleuchteten Behandlungsraum hielt gerade ein Notfallsanitäter eine Frau im Arm. Diese
war von oben bis unten mit Blut bedeckt.

Ihr Gesicht, ebenfalls blutverschmiert, was auffallend
blass und ihre Augen im Schock geweitet und starr.

Die Assistenzärztin ging sofort auf den Notfallsanitäter zu.

„Unfall?", fragte sie kurz, während Manuela und ihre
Kollegin Beatrice die Frau in ein Bett bugsierten.

Der Angesprochene zuckte die Schultern.

„Ich habe jemand anderes gebracht. Sie hier ist mir
direkt am Eingang in die Arme getorkelt."

„Doktor Winkler", sagte die Assistenzärztin knapp
und Schwester Manuela rannte zum Telefon.

„Blutdruck, Puls, Sättigung in Ordnung", sagte
Schwester Beatrice und runzelte die Stirn.

Auch die Assistenzärztin schaute erstaunt auf.

„Bei dem Blutverlust? Erstaunlich."

Während sich Schwester Beatrice um einen venösen Zugang bemühte, nahm Manuela, die inzwischen wieder an dem Bett stand, einige Desinfektionstücher und rieb damit über die nackten Arme der Frau.

„Aha", machte sie vielsagend.

Alle sahen auf die leicht gebräunten, makellosen Arme. Nirgends eine blutende Wunde, lediglich mehrere oberflächliche Kratzspuren.

Inzwischen bog ein grauhaariger, großer Mann um die Ecke. Er wirkte erstaunlich munter für diese unchristliche Zeit.

„Was haben wir?", fragte er knapp.

Während ihm die Assistenzärztin einen kurzen Bericht erstattete, sah er die Arme der Frau an, die zum großen Teil von dem Blut gesäubert waren und deutete auf die Kratzspuren.

„Die können wohl kaum so geblutet haben", murmelte er und schob das blutdurchtränkte T-Shirt in die Höhe.

Nach einem kurzen Blick nickte er Schwester Manuela zu, die wieder zu den Tüchern griff.

Der Bauch war, nachdem nun auch dieser mit Tüchern abgewischt worden war, unverletzt.

Schließlich trat der Chirurg zurück und sah die junge Frau an.

„Sie blutet nicht. Es ist definitiv nicht ihr Blut. Es muss das Blut von jemand anderem sein."

Auch die Assistenzärztin sah jetzt auf.

„Nun stellt sich die Frage, ist es Menschen- oder Tierblut?"

Schwester Manuela zuckte mit den Schultern.

In diesem Moment öffnete die junge Frau die Augen und starrte sie an.

„Polizei", sagte sie leise, aber relativ deutlich.

Doktor Winkler beugte sich zu ihr hinunter.

„Wollen sie, dass wir die Polizei rufen? Ist etwas passiert? Sagen sie uns bitte ihren Namen."

Die Frau sah an ihm vorbei, wieder zu Schwester Manuela.

„Bitte", formten ihre Lippen mehr, als es zu hören war. „Polizei."

Die Schwester sah den Arzt ratlos an. „Und jetzt?"

Der Arzt zuckte die Schultern.

„Wenn sie unbedingt die Polizei haben will, rufen wir sie an."

Während er sein Telefon aus der Tasche zog, sah er die Assistenzärztin an.

„Trotzdem, scheinbar steht sie unter Schock. Rufen Sie doch Doktor Feigler an, er soll sie sich anschauen."

Die Assistenzärztin zog ihrerseits das Telefon aus der Tasche und deutete dann auf die junge Frau.

„Hat sie irgendwelche Papiere?"

Manuela griff in beide Taschen der hellen Jeans.

„Jedenfalls nicht an der Frau", sagte sie, als in diesem Moment, wie auf Kommando, schon der Psychiater, Doktor Feigler, mit schnellen Schritten um die Ecke bog.

Er sah auch erst nur die blutverschmierten Sachen.

„Unfall?", fragte er den Chirurgen.

Dieser deutete auf Corinna Laser.

„Die junge Kollegin hat sie aufgenommen. Ich bin dann hier fertig."

Er deutete auf seinen Pager, der gerade klingelte.

Der Psychiater nickte und beugte sich über die Frau, als er plötzlich zögerte.

„Patientin zirka Mitte dreißig, Name unbekannt, kam ohne Papiere. Ist übrigens nicht ihr Blut. Kreislaufstabil, wahrscheinlich psychogene Schocksymptomatik. Sie wollte, dass wir die Polizei rufen, das war alles, was wir aus ihr herausbekommen haben, sie…"

Der Psychiater unterbrach mit einer Handbewegung den Redefluss der Assistenzärztin, die prompt verstummte.

„Das ist Schwester Elke. Schwester Elke Wildner von unserer Abteilung", sagte er und das Erstaunen war ihm deutlich anzumerken.

Hauptkommissar Mike Köhler lauschte mit gerunzelter Stirn in den Telefonhörer.

„Hm", sagte er. „Das ist allerdings seltsam, dass das so zeitnah zu unserem Fall passierte. Eine blutige Tote im Lutherplatz und jetzt taucht eine blutverschmierte Frau in der Notaufnahme des Klinikums auf und will die Polizei sprechen? Rufen sie dort an. Ich komme."

Mike erhob sich und sah auf die Uhr.

Er hatte gehofft, jetzt Feierabend machen zu können, um wenigstens noch ein paar Stunden Schlaf zu finden. Aber da die Uhr auf 2.00 Uhr ging, war wohl kaum daran zu denken.

Mein Gott, wurde er alt?

Sonst hatte ihm die Wochenendbereitschaft nie etwas ausgemacht.

Aber vielleicht lag es jetzt daran, dass er eben die Wochenenden nicht mehr allein verbrachte, sondern mit seiner, ja wie bezeichnete er Kate Schulz eigentlich korrekt?

Freundin, Geliebte, Lebenspartnerin?

Während er zu seinem Auto eilte, wunderte er sich, warum er sich gerade jetzt, um diese Zeit, Gedanken über die Bezeichnung ihres Beziehungsstatus machte. Noch lebten sie in getrennten Wohnungen. In Kates Fall in einem Haus, dass sie von ihrer Quasi- Großmutter geerbt hatte. Jener Frau, die sie zumindest 45 Jahre ihres Lebens für ihre leibliche Großmutter gehalten hatte.

Er selbst lebte in einer schönen Altbauwohnung am

Stadtrand, hielt sich nun aber an den Wochenenden meist bei Kate auf.

Als ehemalige FBI Agentin hatte Kate Schulz Verständnis dafür, dass er öfter auch an freien Wochenenden weggeholt wurde oder Verabredungen plötzlich absagen musste.

Dafür war er dankbar, denn gerade daran waren einige seiner früheren Beziehungen gescheitert.

Meist, noch ehe sie richtig begonnen hatten.

Das war nur eines der Dinge, bei denen er mit Kate völlig harmonierte. Auch viele andere Interessen teilten sie.

Allerdings zögerten sie beide, ihre Beziehung auf eine nächste Ebene zu heben und das Thema gemeinsames Zusammenleben vermieden sie auch nur anzusprechen.

Sicher war es dem geschuldet, dass sie bisher jeder für sich ein sehr autarkes Leben geführt hatten.

Obwohl ihre gemeinsamen Freunde, Professor Omar Amri und Jasmin Weidner, die sich kurz nach ihnen kennengelernt hatten, jetzt vor der Hochzeit standen und sie deren Trauzeugen sein würden, vermieden sie langfristige Pläne, ihrer beider Zukunft betreffend, beinahe ängstlich.

Während Mike seinen BMW durch die fast leeren Straßen von Plauen lenkte, fiel ihm ein, wie knapp es schon einmal gewesen war.

Damals hatte er befürchtet Kate endgültig zu verlieren.

Nach ihrer Entführung durch einen psychisch kranken Mann und ihre schweren Verletzungen durch eine von diesem herbeigeführte Explosion, hatte sie ein attraktives Angebot ihres Chefs erhalten, an der FBI Akademie zu unterrichten.

Dies mit der Perspektive, nach seinem Ruhestand in zwei, drei Jahren, der erste weibliche Chief Superspezial Agent des FBI in Atlanta zu werden.

Er hätte es ihr nicht verübelt, so ein Angebot, das man wohl nur einmal im Leben erhielt, anzunehmen. Was ihn geärgert hatte, war sein eigenes Versagen gewesen. Er hatte es versäumt, ihr seine Gefühle für sie zu gestehen.

Zum Glück für ihn hatte sich Kate für ihre Detektei und Personenschutzfirma hier in Plauen entschieden und natürlich auch für ihn.

Inzwischen war er am Klinikum angekommen und parkte direkt vor der Notaufnahme.

Um niemand auf die Idee zu bringen, ihn abschleppen zu lassen, obwohl er eine Karte im Auto liegen hatte, stellte er vorsorglich das Blaulicht auf das Dach.

Kaum war er ausgestiegen, kamen ihm zwei Polizisten in Uniform entgegen, die einen wütend brüllenden Mann zwischen sich führten.

„Scheiß Bullen", röhrte er so laut, dass im benachbarten Gebäude, wo Stationen untergebracht waren, in einigen Zimmern das Licht anging und ein Kopf am Fenster erschien.

„Etwas leiser bitte", sagte der eine Polizist ruhig, scheinbar um Deeskalation bemüht.

„Das kann jeder hören, ihr Bullenschweine. Anständige Bürger gegen ihren Willen hier her zu zerren."
Der zweite Polizist, ein junger Mann mit in den Nacken geschobener Mütze, sah Mike an.
„Guten Abend, Herr Hauptkommissar. Oder sollte ich vielleicht guten Morgen sagen?"
Mike grinste fatalistisch.
„Ja, bei diesem Tohuwabohu weiß man wirklich nicht mehr, welche Tages- oder Nachtzeit es ist. Ganz schön auf Krawall gebürstet, oder?"
Er deutete auf den Mann, der jetzt gegen den Hinterreifen des Polizeiautos trat.
„Ist mit 2,1 Promille und 100 km/h über die Friedensbrücke gedonnert und hat sich dann einer Kontrolle entzogen. Im Preiselpöhl haben wir ihn endlich gestellt und gleich hier her zur Blutentnahme gebracht. Jetzt soll er erst mal seinen Rausch ausschlafen."
Er sprang schnell seinem Kollegen bei, der gerade erfolglos versuchte, den noch immer laut brüllenden und sich wehrenden Mann in das Polizeiauto zu verfrachten.
Dann nickte er Mike noch einmal zu, der seine Hand hob und die Notaufnahme betrat.
Dort ging es nicht eben ruhiger zu.
Lauthals beschwerte sich gerade eine Frau mittleren Alters wie lange sie denn noch warten müsse.
„Dieser Saufkopf eben wurde gleich drangenommen, aber ich sitze schon seit vier Stunden hier. Das ist doch eine bodenlose Frechheit."

Sie hatte sich mit hochrotem Kopf vor dem Tresen aufgebaut, hinter dem eine Schwester gerade etwas in den Computer eintippte.

„Der Arzt entscheidet über die Reihenfolge. Das habe ich ihnen bereits vor zwei Stunden, vor einer Stunde und einer halben Stunde gesagt", antworte diese gebetsmühlenartig, ohne den Blick von dem Bildschirm abzuwenden.

Als Mike seinen Ausweis aus der Tasche zog und sagte: „Köhler, Kriminalpolizei", hob die Schwester nur kurz ihren Kopf und er sah in zwei müde Augen.

„Ihre Kollegen haben ihn gerade mitgenommen", sagte sie, in dem Glauben, er sein wegen des Mannes hier, den die Polizisten eben ins Auto bugsiert hatten.

„Ich bin wegen der jungen Frau hier, die heute Nacht eingeliefert wurde."

Jetzt stand sie auf und deutete mit der Hand nach rechts.

„Gehen sie bitte den Gang hinter. Letzte Tür. Schwester Manuela weiß Bescheid."

Er nickte und folgte ihren Anweisungen. Hinter sich hörte er das Zetern der Frau.

„Ich glaub es gerade nicht. Jetzt darf der auch gleich rein, also…"

Den Rest hörte er nicht mehr, da sich die Automatiktür mit einem leichten Zischen hinter ihm schloss.

Eine junge Frau in Dienstkleidung mit strubbeligen Haaren kam gleich auf ihn zugeeilt.

„Sie dürfen hier nicht rein", wehrte sie ab, bis er ihr seinen Ausweis direkt unter die Nase hielt.

Sie warf nur einen kurzen Blick darauf.

„Entschuldigen sie. Aber hier geht's heute mal wieder zu", sagte sie und machte eine Geste in Richtung Tresen.

Mike nickte verständnisvoll.

„Sie kommen sicher wegen der jungen Frau?"

Schwester Manuela deutete auf einen Stuhl, den Mike mit einem Kopfschütteln ablehnte.

„Also. Ein Notfallsanitäter brachte sie herein, er hat sie vor der Tür aufgegriffen. Wir dachten sofort an eine Schwerverletzte, weil sie eine Menge an Blut überall hatte. Aber es hat sich schnell herausgestellt, dass es nicht ihr Blut ist. Unser Psychiater …"

Sie unterbrach sich, als ein Arzt mit schnellen Schritten durch die Automatiktür kam.

„Da ist er ja", sagte die Schwester und der Arzt trat auf Mike zu und streckte ihm die Hand hin.

„Sie sind der Herr von der Kriminalpolizei? Feigler", stellte er sich vor.

Mike nickte und stellte sich ebenso vor. Der Arzt deutet nach nebenan.

„Dort können wir in Ruhe sprechen", sagte er und schloss die Tür.

Nachdem sie sich gesetzt hatten, sagte er: „Schwester Manuela wird ihnen mit Sicherheit gesagt haben, dass wir erst dachten, eine schwerverletzte Patientin zu haben? Es stellte sich dann heraus, dass das Blut nicht von ihr stammen konnte. Da sie bewusstseinseingeschränkt war, wurde sofort eine Computertomografie veranlasst, aber negativ. Vermutlich ein psychogener Schockzustand. Labor steht noch aus. Im Übrigen steht ihre Identität fest. Zwar hat sie keine Papiere bei sich und die Kollegen hier kannten sie nicht, ich schon. Es ist eine Krankenschwester auf unserer psychiatrischen Abteilung, Elke Wildner. Sie hat uns nichts erzählt, aber nachdrücklich die Polizei gefordert. Deshalb hat mein Kollege auch angerufen. Ich hoffe, dass sie ihnen etwas sagt, uns gegenüber ist sie ja, wie gesagt, völlig verschlossen. Sie spricht nicht."

In diesem Moment klopfte es. Schwester Manuela steckte den Kopf herein.

„Entschuldigung Doc. Die Blutwerte sind da. Die sollten sie sich mal ansehen."

Der Arzt erhob sich und sah Mike entschuldigend an, der die Hände hob.

Nach ein paar Minuten kam er zurück und nahm wieder Mike gegenüber Platz.

Er hielt einen Stapel Laborausdrucke in der Hand. Dann sah er Mike nachdenklich an.

„Warum sind sie eigentlich so schnell gekommen, Herr Hauptkommissar? Für den Fall wäre doch nicht unisono die Kriminalpolizei zuständig? Hat es etwas mit der Toten im Lutherplatz zu tun?"

„Gut gebrüllt, Löwe", dachte Mike.

Es hatte keinen Sinn zu leugnen, sondern es war besser, mit dem Arzt Tacheles zu reden.

„Der Frau im Lutherplatz wurde heute gegen Mitternacht die Kehle durchgeschnitten. Unsere Spurensicherung sagte, der oder die Täter müssen eine Menge

Blut abbekommen haben. Da ist es logisch, dass man bei einer Frau, die blutbeschmiert und völlig desorientiert im gleichen Zeitfenster in der Notaufnahme auftaucht, hellhörig wird, zumal sie selbst die Polizei zu sehen wünscht."

Der Arzt nickte. Er hielt die Blätter in seiner Hand hoch.

„Das sind die Blutbefunde von Schwester Elke. Weitgehend unauffällig, sieht man von der Tatsache ab, dass sie mehr Drogen intus hat, wie die Stones zu ihren besten Zeiten."

Er lächelte etwas, was ihn Mike gleich noch sympathischer machte.

„Was denn so?", fragte er nach.

Der Arzt faltete die Zettel auseinander.

„LSD und Kokain, aber nicht zu wenig."

Mike erhob sich.

„Gut, dass eine muss nichts mit dem anderen zu tun haben. Trotzdem will ich sie jetzt zeitnah befragen. Es dürfte ja keine Probleme machen, da sie es will, oder? Sie ist doch ansprechbar?"

Der Arzt nickte.

„Ja, einigermaßen. Ich habe sie auf die Psychiatrische verlegt. Dort sind ihre eigenen Kollegen, ich dachte, das ist nicht ganz so traumatisch für sie. Zumal sie trotz allem unter Schock steht. Das sie natürlich Drogen konsumiert hat, war mir nicht bekannt."

Bekümmert schüttelte er den Kopf.

„So eine kompetente Schwester. Aber wer kann schon immer in einen anderen Menschen und seine

Psyche hineinschauen?"

Er erhob sich ebenfalls.

„Kommen sie. Ich bringe sie hoch auf die Station."

Er hielt Mike die Tür auf. In diesem Moment kam
Schwester Manuela über den Gang.

„Doc, sorry, aber wir brauchen sie. Verdacht Gehirn-
erschütterung nach Kneipenschlägerei, der Patient
dreht gerade völlig frei."

Der Arzt sah Mike an und zuckte entschuldigend mit
den Schultern.

„Fahren sie einfach mit dem Fahrstuhl in die dritte
Etage und sagen sie Pfleger Jens, er soll sie mit Elke
sprechen lassen. Ich komme so schnell wie möglich
nach."

Damit verschwand er um die Ecke.

Als Mike die Station betrat, fiel ihm die Ruhe auf.
Gedämpftes Licht, schallschluckender Teppichboden.
Sofort kam ihm ein Pfleger entgegen. Er war klein,
knabenhaft schlank und hatte ein freundliches, offe-
nes Gesicht.

„Ja bitte?", fragte er, als sei es selbstverständlich, dass
früh gegen 3.00 Uhr jemand auf die Station kam.

Mike zeigte seinen Ausweis, den der Pfleger aufmerksam studierte.

„Was kann ich für sie tun, Herr Hauptkommissar?"

„Doktor Feigler schickt mich. Sie möchten mich bitte
mit Elke Wildner, der Patientin, die vorhin eingeliefert wurde, sprechen lassen."

Zu ersten Mal bemerkte Mike so etwas wie Unwillen
auf den freundlichen Gesichtszügen.

„Das ist jetzt ungünstig. Sie schläft gerade", sagte er und verlieh seiner Stimme den nötigen Nachdruck.

Mike schüttelte bedauernd den Kopf.

„Ich würde nicht darauf drängen, aber Frau Wildner wollte selbst mit der Polizei sprechen. Also scheint es dringend zu sein."

Seufzend über so viel Sturheit schüttelte der Pfleger den Kopf, deutete aber Mike, ihm zu folgen.

Vor einer Tür stoppte er und öffnete sie langsam.

Dann griff er zum Lichtschalter.

„Elke? Erschrecke bitte nicht, die Polizei ist jetzt da für dich", sagte er leise und machte das Licht an.

Das Bett war zerwühlt, die Infusionsflasche, die am Ständer neben dem Bett hing, tropfte kontinuierlich auf den Fußboden und hatte schon eine Pfütze hinterlassen.

Die Tür zum Bad stand sperrangelweit offen und auch dieses war leer.

„Sie ist weg", fasste der Pfleger das Offensichtliche recht pragmatisch zusammen.

Mike Köhler tigerte auf der Station auf und ab, bis Doktor Feigler endlich durch die Tür kam.

„Was ist denn passiert?", fragte er alarmiert, als er Mikes Miene sah.

„Ihre Patientin, Frau Wildner, ist verschwunden."

Der Psychiater schaute ihn verwirrt an.

„Was? Aber das ist doch gar nicht möglich. Pfleger Jens?"

Der Krankenpfleger, der sich scheinbar vor Mike in sein Dienstzimmer geflüchtet hatte, kam langsam heraus und lächelte den Arzt freundlich an.

„Schwester Elke ist weg?", fragte dieser, noch immer fassungslos.

„Ja, ich habe auch noch mal die anderen Zimmer kontrolliert sowie die Abstellräume. Sie hat die Station verlassen."

Das der Tonfall des Pflegers konstant freundlich, geradezu heiter war, brachte Mike immer mehr in Rage.

„Kommt das in der Psychiatrie häufiger vor, dass Patienten so mir nichts, dir nicht von der Station verschwinden?", fragte er bissig, was jetzt mit einem Kopfschütteln des Pflegers bedacht wurde.

„Wir sind eine offene Station, Herr Hauptkommissar. Jeder unserer Patienten kann selbstverständlich die Station verlassen. Wir halten uns da sehr genau an die Vorgaben der Gesetzgebung."

Mike sah aus dem Augenwinkel, wie sich der Arzt ein Grinsen verkneifen musste.

Naja, er hatte es nicht anders verdient.

Der Pfleger war ja im Recht, zumindest was das betraf.

Aber war diese Schwester Elke wirklich in der Lage gewesen, allein die Station zu verlassen? Das war jetzt die spannende Frage.

Also wandte er sich wieder dem Pfleger zu.

„Entschuldigen sie. Das war eben unsachlich", sagte Mike und sein Gegenüber nahm die Entschuldigung mit einem knappen Nicken an.

„Aber ich muss das jetzt fragen. War jemand hier auf Station, solange Schwester Elke hier gelegen hat? Außer ihnen? Personal? Jemand, den sie nicht kannten?"

Der Pfleger schüttelte den Kopf.

„Nein. Nur Doktor Feigler", sagte er und deutete mit einem Nicken auf den Arzt.

Dieser runzelte die Stirn.

„Ich kann mir einfach nicht vorstellen, das Elke koordiniert genug war, allein das Haus zu verlassen. Nicht mit diesem Drogencocktail im Blut."

Der Pfleger fuhr zu ihm herum.

„Elke? Drogen? Aber Doktor, dass glauben sie doch selbst nicht! Nie, niemals würde Elke Drogen anrühren."

Aus dem eben noch so gleichbleibend freundlichen Pfleger war ein zorniger junger Mann geworden, der den Arzt wütend anfunkelte. Dieser hob beide Hände.

„Jens, jetzt beruhigen sie sich. Ich habe das auch nie gedacht von Schwester Elke. Aber gerade sie, als

33

erfahrener Psychiatriepfleger, müssten es doch wissen. Blutbefunde lügen nicht."

Abwehrend schüttelte der Pfleger den Kopf.

„Nein, nicht Elke", setzte er nochmals nach.

Mike war etwas an ihn herangetreten.

„Was macht sie da so sicher?", fragte er nach, aber der Pfleger warf ihm nur einen grimmigen Blick zu.

„Sie wollen Elke doch nur diesen Mord im Lutherplatz anhängen", sagte er und Mike sah ihn erstaunt an.

„Woher wissen sie davon?"

Der Pfleger sah zwischen dem Psychiater und dem Hauptkommissar hin und her und lachte auf.

„Denkt ihr wirklich, wir sind auf der Wurstsuppe hergeschwommen?"

Er zog sein Smartphone aus der Hosentasche und hielt es den beiden hin.

„Auf Facebook ist es der Aufmacher, inklusive Bilder. Da gab es eine Menge Blut, nicht wahr? Und dann kommt jemand blutverschmiert und desorientiert hier an und jetzt gleich die K? Da könnte jeder Depp eins und eins zusammenzählen."

Der junge Mann hatte sich richtig in Rage geredet und als er verstummte, merkte er, wie der Arzt und Mike ihn anstarrten.

Dann sagte der Psychiater: „Jens, sie haben die Frage des Hauptkommissars nicht beantwortet. Was macht sie so sicher, dass Elke keine Drogen konsumieren würde?"

Trotzig senkte der junge Mann den Kopf und

schwieg.

„Jens, bitte."

Die Stimme des Psychiaters klang jetzt autoritär.

„Wenn sie Elke irgendwie helfen wollen, dann müssen sie sagen, was sie wissen."

In dem Pfleger schien sich ein gefühlsmäßiges Erdbeben abzuspielen. Aber schließlich hatte er sich entschieden und seufzte leise auf.

„Also gut. Es geht um Elkes Bruder. Er hat schon recht jung mit Drogen angefangen. Erst Haschisch, dann Ecstasy und schließlich Crystal Meth. Damit hat er sich abgeballert. Er liegt im Wachkoma, ist ein Pflegefall. Sie besucht ihn so oft wie möglich und hat auch eine Selbsthilfegruppe für betroffene Angehörige ins Leben gerufen. Sie wollte aber nicht, dass es jemand hier erfährt", schloss er.

„Und warum wissen sie es?", fragte Mike und der junge Mann senkte den Kopf.

„Weil ich auch ein Betroffener bin. Meine Schwester", sagte er kaum hörbar und man sah, wie er um Fassung rang.

Der Arzt klopfte ihm auf die Schulter.

„Es ist gut, Jens. Aber wir müssen uns dennoch fragen, wie kamen die Drogen in Elkes Körper?"

Der Pfleger hob wieder den Kopf.

„Jemand hat sie ihr gegen ihren Willen eingeflößt."

Mike wusste, dass dies für den jungen Mann die einzig mögliche Erklärung schien.

Für ihn aber nicht. Er sah den Pfleger eine Weile schweigend an, bis dieser die Augen senkte.

„Sie haben ihr geholfen, nicht wahr?", fragte er schließlich.

Der Arzt sah ihn erstaunt an.

„Geholfen, wobei?"

Noch in Gedanken mit Elkes drogenabhängigen Bruder und Jens Schwester beschäftigt, schien er das Offensichtliche zu übersehen.

„Geholfen, die Station zu verlassen. Scheinbar ist sie noch immer eingeschränkt und wie sie sagten, Herr Doktor, kaum in der Lage, selbständig diesen Ort hier zu verlassen. Nach Aussage von Pfleger Jens war kein Fremder hier. Also?"

Der Arzt wandte sich an Jens und starrte ihn an.

„Ist das wahr?", fragte er leise.

Scheinbar merkte der Pfleger, dass alles leugnen jetzt sinnlos war. Stumm nickte er.

Der Arzt schüttelte den Kopf.

„Ich kann es nicht glauben", stieß er hervor und ihm war die Enttäuschung anzuhören.

Pfleger Jens hob jetzt wieder den Kopf und sah die beiden Männer vor sich an.

„Was hatte ich denn für eine Wahl? Als Elke wieder wacher wurde, hat sie unzusammenhängend erzählt, was sie erlebt hat. Sie kann sich nur bruchstückhaft erinnern. Aber sie ist doch keine Mörderin. Wer immer diese Frau umgebracht hat, wollte es Elke in die Schuhe schieben. Sie wollte ja mit der Polizei sprechen, aber…"

Seine Stimme war immer lauter geworden und seine Augen blitzten geradezu.

36

„Da haben sie ihr es ausgeredet, stimmts?", unterbrach ihn der Hauptkommissar und der Pfleger nickte.

„Ich wollte nicht, dass sie es in diesem Zustand tut und sich selbst belastet. Sie ist keine Mörderin, nicht Elke", wiederholte Jens.

„Das muss sich erst herausstellen. Aber um das herauszufinden, benötigen wir Frau Wildners Aussage. Aber die ist ja jetzt, dank ihnen, untergetaucht", erwiderte Mike in scharfen Tonfall. „Wo ist sie?"

Der Pfleger sah Mike herausfordernd an.

„Verhaften sie mich doch", sagte er trotzig.

Mike schüttelte den Kopf und sah zu Doktor Feigler hin, der stumm das Szenario vor ihm verfolgte.

„So kommen wir nicht weiter", sagte er zu diesem.

Der Arzt nickte und trat neben den Pfleger. Er legte ihm sanft die Hand auf den Arm.

„Ihr Engagement für Schwester Elke in allen Ehren, Jens und ich verstehe das auch. Nur tun sie weder ihr noch sich selbst einen Gefallen, wenn sie die Arbeit der Polizei blockieren. Sie handeln damit auch gegen Elkes Willen. Sie wollte mit der Polizei sprechen, darum ist der Hauptkommissar hier. Bitte. Sagen sie uns wo Elke ist."

Eine Weile war eine geradezu gespenstische Stille im Raum, dann hörte man auf dem Flur ein leises Geräusch. Der Pfleger trat in den Türrahmen und spähte hinaus.

Schließlich kam er zögernd zurück und sah den Arzt und den Hauptkommissar nacheinander schweigend an.

„Ich habe einen Freund angerufen. Er hat sie zu mir gefahren", sagte er schließlich leise.

Mike atmete auf.

„Ihre Adresse bitte und, wenn sie so nett wären, den Schlüssel. Wir wollen schließlich nicht das ganze Haus wecken, oder?"

Der Pfleger schien zu überlegen, ob er noch eine Möglichkeit sah, dies zu verweigern, kam dann aber wohl zu dem Schluss, dass es besser wäre, jetzt keinen Widerstand mehr zu leisten.

„Gut, ich hole ihn", sagte er und wollte das Stationszimmer verlassen, als Mike ihm in den Weg trat.

„Wir gehen gemeinsam. Wir wollen doch nicht, dass sie wieder versuchen, Frau Wildner telefonisch zu beeinflussen."

Jens stieß ein unwilliges Schnauben aus, deutete aber Mike schließlich, ihm zu folgen.

„Also, wie soll denn nun der große Tag vonstatten-
gehen?", fragte Kate und sah Jasmin zu, wie sie an
ihrem Kaffee nippte.

Sie saßen bei Daniel in der Kaffeerösterei und genos-
sen die angenehme Kühle der Räume.

Draußen näherte sich die Temperatur der 35° Grad
Marke, wobei eine stetige Luftfeuchtigkeit ganz Plau-
en in eine Tropenstadt zu verwandeln drohte. Dabei
war es noch nicht einmal Mittag.

Das ging bereits die ganze Woche so und machte die
Menschen außergewöhnlich reizbar.

Heute war Samstag und Kate hatte gehofft, dass Mike wenigstens vormittags vorbeikam. Aber er hatte
am Telefon so erschöpft geklungen, dass sie ihm geraten hatte, erst einmal ein paar Stunden zu schlafen.

„He, hast du gar nicht auf die Einladungskarte ge-
guckt?", fragte Jasmin und gab sich Mühe, echt verärgert zu klingen.

„Einladung?", fragte Kate unschuldig und schließlich
lachten sie beide.

Jasmin, die einen Fächer vor ihrem Gesicht hin und
her bewegte, sagte stöhnend: „Hauptsache, diese
Hitze ist vorbei. Das hält doch kein Mensch aus."

Kate zuckte die Schultern.

„Die Sommer in Atlanta sind meist so, also ich bin da
schon leidensfähig."

Sie lehnte sich zurück und sah Jasmin an, deren Gesicht wirklich außergewöhnlich gerötet war.

„Daniel, bring uns doch bitte nochmal für jeden ein
Glas Wasser", rief sie hinüber zum Tresen.

Dann wandte sie sich wieder Jasmin zu.

„Ende September ist es doch schon Herbst, keine Angst, die Hitze ist dann weg. Also lass dir doch nicht jedes Wort aus der Nase ziehen. Wie läuft es denn nun ab?"

Sie nahm Daniel die Gläser ab, in denen neben Eisstückchen auch Zitronenscheiben im Wasser schwammen.

Jasmin trank ihr Glas leer und holte tief Luft.

„Wir haben uns geeinigt, nur Standesamt. Es gibt weder eine katholische noch eine muslimische Trauungszeremonie. Und auf das Standesamt geht nur ihr beide als unsere Trauzeugen mit. Die gesamte Familie trifft eigentlich erst zur Feier aufeinander. Wir wollen es schlicht und kurz halten, auch, um mögliche kulturelle Konflikte zu vermeiden. Immerhin wollen wir gegen 22.00 Uhr aufbrechen, Richtung Flughafen und dann ab in die Flitterwochen."

Kate sah Jasmin an und ahnte, dass ihre Gesichtsfarbe nur teilweise etwas mit der Hitze zu tun hatte.

„Du glaubst, es gibt Probleme mit Omars Familie?"

Jasmin sah auf und stieß ein Schnauben aus.

„Omars Familie? Nie im Leben. Seine Mutter ist der liebste und warmherzigste Mensch, den ich je kennengelernt habe und sein Vater ist ausgesprochen tolerant. Er hat mich sofort akzeptiert. Ich spreche eigentlich von meiner Familie. Ich hätte sie ja am liebsten gar nicht eingeladen, aber das wiederum würden Omars Eltern nicht verstehen. Ich sehe schon die Katastrophe vor mir. Meine Großmutter hat mir

gedroht, mich zu enterben, wenn ich, ich zitiere wört-
lich, einen Kameltreiber, egal ob der Arzt ist oder
nicht, heirate. Als ob ich ihr Geld will. Meine Mutter
hat mich ernsthaft gefragt, ob Omar schon eine oder
mehrere Ehefrauen hätte und mein Vater hatte bereits diverse Gespräche mit dem Pfarrer, weil er es
nicht verkraftet, dass ich nicht katholisch heirate und
noch dazu einen Heiden. Ich bin fix und fertig."
Wäre es nicht so ernst gewesen, hätte Kate schallend
losgelacht.
„Aha", sagte sie. „Da werden wohl so ziemlich alle
Klischees bedient. Ich dachte immer, so etwas gibt's
nur in den Daily Soaps im Fernsehen, aber nein, das
ist real."
Jetzt musste auch Jasmin lachen.
„Wenn ich es so erzähle, hört es sich wirklich so an,
als wäre das ein schlechter Film. Aber ich hoffe, Mi-
ke, du und die anderen unseres Teams haben sie
Sache im Griff."
Kate nickte.
„Aber ja. Wenn es zu Handgreiflichkeiten kommen
sollte, ist Mike doch der Mann für alle Fälle."
Jasmin erhob sich.
„Ich geh mal fix wohin", raunte sie und verschwand
durch die hintere Tür.
Plötzlich klingelte Kates iPhone.
„Sicher Mike", dachte sie, sah dann aber eine unbe-
kannte Nummer.
„Schulz", meldete sie sich professionell.
„Frau Schulz? Ich brauche ganz dringend ihre Hilfe,

bitte."

Es war die Stimme einer jungen Frau und Kate hörte Panik heraus.

„Wer sind sie denn?", fragte sie nach.

„Muss ich das sagen?", kam die Gegenfrage.

„Wenn ich ihnen helfen soll, schon. Sonst lege ich auf."

„Nein, nein. Bitte nicht", kam die schnelle Reaktion. „Elke, Elke Wildner."

Kate lehnte sich etwas zurück.

„Gut, Frau Wildner und was kann ich für sie tun?"

Ein Augenblick war Stille am anderen Ende. Dann hörte Kate ein leises Stöhnen. Alarmiert fuhr sie auf.

„Ist alles in Ordnung mit ihnen? Sind sie verletzt?"

„Nein. Bin ich nicht. Können wir uns treffen? Jetzt?"

Kate sah auf ihre Uhr.

„Also, wenn es wirklich keine Zeit bis zum Montag hat, dann kommen sie jetzt in mein Büro. Es ist im Wilkehaus. Wissen sie wo das ist?"

Wieder Zögern.

„Ja, das weiß ich. Aber können wir uns nicht irgendwo anders treffen, außerhalb von Plauen. Ich…"

„Hören sie zu Frau Wildner. Entweder sie kommen binnen einer Stunde hier her zu mir oder sie lassen es", unterbrach Kate sie.

Sie würde sich mit Sicherheit nicht wieder mit irgendjemand, aus welchem Grund auch immer, im Niemandsland treffen.

Das hatte ihr beim letzten Mal fast das Leben gekostet.

„Gut. Ich komme zu ihnen", hörte sie die leise Stimme plötzlich sagen. Dann war die Verbindung unterbrochen.

In diesem Moment kam Jasmin von der Toilette zurück und setzte sich wieder.

„Hast du noch eine Stunde Zeit?", fragte Kate und Jasmin nickte.

„Ja. Omar hat heute eine dringende Autopsie. Die junge Frau vom Lutherplatz."

Kate sah sie an.

„Davon weiß ich nichts."

„Hat Mike dir nichts gesagt? Naja, der war sicher die ganze Nacht noch unterwegs. Omar war auch nur kurz zu Hause. Jemand hat ihr die Kehle durchgeschnitten. Muss kein schöner Anblick gewesen sein. Aber warum hast du gefragt, ob ich Zeit habe?"

Kate hatte ihr Telefon wieder in ihre Tasche gesteckt.

„Weil ich einen seltsamen Anruf hatte. Eine junge Frau. Sie klang ziemlich erregt, will mich sprechen. Es scheint zu eilen. Also habe ich sie herbestellt und du weißt ja, ich habe gern jemand dabei."

„Aber klar doch", beeilte sich Jasmin zuzustimmen. Sie wusste, dass Kate noch immer unter den Folgen ihrer Entführung litt, ohne dass sie dies konkret erwähnte. Seitdem machte sie keine Termine mehr, ohne mindestens einen ihrer Mitarbeiter in Reichweite zu haben.

„Gegen wir hoch", sagte Kate und stand auf.

So sehr Professor Omar Amri medizinische Monologe liebte, wusste er auch, wann kurze und knappe Auskünfte dienlicher waren.

Jetzt saßen sie in Hauptkommissar Köhlers Besprechungsraum, der glücklicherweise über eine Klimaanlage verfügte.

Omar hatte einige Bilder der Toten aus dem Lutherplatz und warf sie mittels Beamer an die Wand.

„Die Tote wurde, wie bereits die Spurenlage vermuten ließ, nach Eintritt des Todes nochmals bewegt. Das heißt, vom Erdboden auf die Bank gehoben und dort hingesetzt."

Er ließ das nächste Bild auf der Wand erscheinen.

„Also, der Täter oder die Täterin, lassen wir es bei der neutralen Anrede, muss hinter ihr gestanden haben. Er hat ihr das Messer an die Kehle gesetzt und losgeschnitten. Sie hat sich gewehrt, allerdings nicht so stark, wie man es vermuten sollte. Sie hat aber nach hinten gegriffen und ihn an den Armen, ich vermute den Unterarmen, gekratzt. Ich habe Stoffreste sowie einige Hautreste sichergestellt. Da es deutlich mehr Stoff-als Hautreste gibt, ist anzunehmen, dass der Täter also einen Pullover oder ähnliches getragen hat. Die Faseranalyse dauert noch an. Das jemand bei dieser Hitze etwas Langärmliges getragen hat, lässt wohl auf ein Vorhaben schließen, oder?"

Er sah zu Mike hin, der nachdenklich den Kopf hin und her wog.

Dieser wusste, dass Omar immer wieder dazu neigte, selbständige Theorien anzustellen.

Er wollte ihn darin nicht noch bestätigen. Da er nicht zu reagieren schien, endete Omar mit einem knappen: „Dann ist sie zu Boden gefallen."

„Dabei muss sie noch gelebt haben, wenn man die Blutverteilung sieht", warf der Leiter der Spurensicherung ein.

Omar nickte.

„Dort ist sie dann verstorben und unmittelbar danach hat der Täter sie wieder auf die Bank gesetzt und so arrangiert, wie sie dann aufgefunden wurde."

Mike Köhler nickte ebenfalls und nahm sein Tablet zu Hand.

„Also, ich werde dann zur Adresse der Verstorbenen fahren. Nach meinen Informationen war sie alleinstehend. Jetzt ist Sonnabend, kurz vor Mittag. Also ist die Wahrscheinlichkeit groß Nachbarn anzutreffen, die aussagekräftig sind. Die Wohnungsschlüssel haben wir."

Omar warf ihm einen Blick zu und er nickte.

„Ja, es wäre gut, wenn du mich begleiten würdest. Im Übrigen ist Elke Wildner, die junge Frau, die heute Nacht blutverschmiert in die Notaufnahme kam, noch immer nicht wieder aufgetaucht. Dieser Pfleger Jens Steudel, ihr Kollege, hat ihr geholfen, die psychiatrische Abteilung zu verlassen. An sich kein Straftatbestand, denn erstens hat sie selbst darum gebeten, die Polizei zu rufen und zweitens ist es eine offene Station und Frau Wildner nicht per Beschluss untergebracht. Dieser Pfleger Jens war allerdings der Meinung, es wäre nicht gut, dass sie, verwirrt wie sie

45

war, mit der Polizei spricht. Er hat sie in seine Wohnung fahren lassen. Von einem Freund, dessen Namen er uns nicht verrät. In der Wohnung selbst haben wir sie nicht angetroffen. Sie muss aber geduscht haben und hat sich scheinbar ein paar Kleidungsstücke bei ihm ausgeliehen."

„Woher wusste der Pfleger denn von der Toten im Lutherplatz?", fragte Marianne Jäger, eine ältere Kollegin, die Mike wegen ihrer Ruhe und absoluten Gründlichkeit schätzte.

Dieser seufzte vernehmlich.

„Obwohl die Kollegen vor Ort und auch ich versuchten haben es zu verhindern, waren schon 0.45 Uhr die ersten Posts auf Facebook. Natürlich mit Bildern. Das waren 10 Minuten nachdem die ersten Kollegen vor Ort waren."

Während Kommissarin Jäger verständnislos den Kopf schüttelte, setzte sich Omar Amri, der sich bereits erhoben hatte, plötzlich wieder hin.

Er sah Mike an, der auch eben die gleiche Idee zu haben schien.

Schließlich sagte er: „Wie konnte Elke Wildner so schnell ins Klinikum kommen?"

Omar sprang jetzt wieder auf und lief zum Whiteboard.

„Anhand der Zeugenaussagen und der Körpertemperatur können wir mit ziemlicher Gewissheit davon ausgehen, dass Frau Lange kurz nach Mitternacht umgebracht wurde. Nehmen wir an, Frau Wildner hat sie getötet und dann auf der Bank arrangiert.

Alles in allem muss es so 0.15 Uhr gewesen sein, als sie den Tatort verließ. 0.30 Uhr haben die beiden Männer Frau Lange aufgefunden und die Polizeistreife informiert. Wie um alles in der Welt konnte eine mit Drogen vollgepumpte Frau um 0.55 Uhr bereits vor der Notaufnahme im Krankenhaus auftauchen?"

Er hatte alle Zeiten am Whiteboard notiert.

Mike nickte und wandte sich an sein Team.

„Alle Taxifahrer befragen und prüft die Nachtbuslinie. Wenn das nichts bringt, brauchen wir vielleicht einen Aufruf in den Medien, ob jemand eine Frau ab dem Lutherpark privat im Auto mitgenommen hat. Denn selbst dürfte sie in dem Stadium kaum gefahren sein. Da wäre ein Unfall unausweichlich gewesen, oder?"

Er sah Omar an und dieser nickte.

„Ich habe die Laborbefunde gesehen, man oh man."

Mike grinste etwas.

„Dieser Doktor Feigler sagte so treffend, Elke Wildner hatte mehr Kokain und LSD im Blut wie die Stones zu ihren besten Zeiten."

Verhaltenes Lachen war im Raum zu hören.

Omar schüttelte bedächtig den Kopf.

„Also ich bin ja der Mediziner und kein Ermittler."

Dabei sah er Mike vielsagend an, der sich ein Grinsen nicht verkneifen konnte.

„Aber wenn es diese Frau Wildner war", fuhr Omar fort. „Ist es stark zu befürchten, dass sie einen kompletten Filmriss hat. Das wird eure Arbeit nicht gerade erleichtern."

Kate und Jasmin waren bereits seit über einer halben Stunde im Büro.

Jasmin hatte Kate die Bilder auf Facebook gezeigt, die ein übereifriger Möchtegern- Sensationsuser eingestellt hatte.

Es war lediglich ein Polizeiaufgebot zu sehen und auf einer Parkbank ein Körper, der aber im Wesentlichen von der massigen Gestalt von Omar Ami verdeckt wurde.

„Omars breites Kreuz ist wirklich von Vorteil", sagte Kate und lächelte Jasmin zu.

Beim nächsten Bild wurde sie ernst. Eindeutig war Mike zu erkennen, der die sichtbar erregte Menschenmenge scheinbar aufforderte, sich zurückzuziehen.

Kate konnte es an seinem angespannten Gesichtsausdruck sehen, dass dies wohl nicht die erste Aufforderung war.

„Das sind die sogenannten Gesetzeshüter. Typisch, sie verhindern das Recht der freien Bürger auf Information", stand über dem Bild.

Die Kommentare darunter waren zu 95 % negativ, wobei *„Drecksbullen"* und *„Merkelknechte"* noch das harmloseste war.

Nur *Sunshine 99* schrieb. *„Die müssen doch den Tatort sichern! Seid ihr irre, das ihr denkt, jeder kann dort rumlatschen?"*

Damit zog sie sich auch eine Menge an Wut-Smileys zu. Nur wenige gaben ihr ein *Gefällt mir*.

„Ohne Worte", sagte Kate schließlich und schüttelte

den Kopf.

Dann sah sie etwas verärgert auf die Uhr, als es plötzlich läutete.

Da sie allein waren und der Empfang nicht besetzt, öffnete Jasmin die Tür.

Die junge Frau, die ihr gegenüberstand, machte einen geradezu erbärmlichen Eindruck. Die mittelblonden Haare hingen ihr feucht ins blasse Gesicht, unter den Augen hatte sie dicke Augenringe.

Ihre eigentlich kräftige Gestalt wirkt völlig ausgelaugt.

„Frau Schulz?", fragte sie leise. Ihre Stimme klang rau, als habe sie die ganze Nacht durchgetrunken und geraucht.

Jasmin schüttete den Kopf und streckte ihr die Hand entgegen.

„Weidner, Jasmin Weidner. Ich bin die stellvertretende Geschäftsführerin. Frau Schulz erwartet sie."

Der Händedruck fiel genau so aus, wie die Frau auf Jasmin wirkte. Völlig kraftlos.

Sie ging voran in Kates Büro. Diese hatte sich erhoben und maß die junge Frau, die sie auf Ende zwanzig schätzte und traf die gleiche Einschätzung wie Jasmin. Diese Frau war eindeutig am Ende ihrer Kräfte.

„Was können wir für sie tun?", fragte Kate, nachdem sie die Frau zu einem Sessel geleitet und mit Jasmin ihr gegenüber Platz genommen hatte.

„Mein Name ist Elke Wildner. Ich glaube, ich habe heute Nacht einen Mord begangen."

Nachdem Kate diese Nachricht erst einmal verdaut hatte, sah sie ihr Gegenüber an.

„Sie glauben?", fragte sie nach.

Diese nickte.

„Ich kann mich an fast nichts mehr erinnern."

Ihre Stimme zitterte und war so leise, das Kate Mühe hatte, sie zu verstehen.

„Es geht um die Tote vom Lutherplatz?"

Ihr Gegenüber nickte wieder.

Jasmin hatte sich erhoben und holte eine Flasche Mineralwasser. Dann gab sie der Frau ein Glas davon, was diese hastig austrank.

„An was erinnern sie sich, Frau Wildner? Lassen sie sich Zeit."

Kate lehnte sich zurück, um ihrem Gegenüber zu signalisieren, dass sie diese auch hatte.

Elke Wildner drehte das Glas nervös zwischen ihren Händen.

„Also. Ich bin Krankenschwester und arbeite in drei Schichten, auch am Wochenende. Aber dieses Wochenende habe ich frei. Da wollte ich am Samstag richtig ausschlafen."

Sie verstummte, als sei es unsinnig, was sie hier erzählte.

Kate nickte ihr aufmunternd zu.

„Naja. Freitag, also gestern, hatte ich Frühdienst. Aber als ich zwei Stunden gearbeitet hatte, fragte mich meine Stationsschwester, ob ich nicht ein paar Überstunden abfeiern wolle. Ich war nicht böse darüber. Bei uns war viel los in letzter Zeit und mein

Überstundenkonto ist ganz schön voll und dann bei der Hitze, da kam mir das Angebot gerade recht."

Sie sah auf die Mineralwasserflasche und Jasmin goss ihr wortlos das Glas wieder voll.

Geradezu gierig stützte Frau Wildner die Flüssigkeit hinunter.

„Jedenfalls bin ich nach Hause und habe noch ein bisschen geschlafen", fuhr sie fort. „Dann habe ich mich entschlossen baden zu gehen. Ich gehe immer ins Nad-Nad, ins Preiselpöhl."

Kate musste lächeln.

Auch sie war dort immer mit ihren Freunden schwimmen gegangen. In den Naturheilverein, von den Plauenern liebevoll Nad-Nad oder auch Naddel genannt.

„Es war rammelvoll."

Die junge Frau zuckte mit den Achseln. „Kein Wunder bei dem schönen Wetter. Ich habe dann eine Freundin getroffen und es war so gegen 18.00 Uhr, da sind wir los. Wir haben uns am Tor verabschiedet und ich bin heimgefahren."

Kate sah sie an. „Wie?"

Die junge Frau wirkte irritiert.

„Wie?", wiederholte sie.

„Mit der Straßenbahn?"

Kate merkte, dass die Denkprozesse der jungen Frau ziemlich angegriffen schienen. Diese schüttelte den Kopf.

„Nein, mit meinem Auto."

In diesem Moment klingelte Kates iPhone.

Die Nummer sagte ihr nichts, deshalb erhob sie sich, murmelte eine Entschuldigung und ging auf den Flur, um das Gespräch anzunehmen.

„Schulz", meldete sie sich.

„Hier ist Schwester Angelika. Vom Pflegedienst *Heimat*."

Kate stutzte einen Moment.

Schwester Angelika hatte sie, mehr oder weniger erfolgreich, in den Pflegebereich eingearbeitet als sie plante, undercover im Pflegeheim *„Abendrot"* zu ermitteln.

„Schwester Angelika? Wie kann ich ihnen helfen?"

„Mir nicht, aber Schwester Elke. Ich habe sie zu ihnen geschickt. Ich wusste mir keinen anderen Rat."

Kate zog die Augenbrauen nach oben.

„Sie kennen Elke Wildner?", fragte sie nach.

„Ja. Sie war meine Schülerin. Ein gutes Mädchen, sehr kompetent. Sie hat es privat nie leicht gehabt."

Sie brach ab. Scheinbar erschien es ihr zu indiskret, Kate näheres zu erzählen.

„Ist sie schon da?", fragte sie schließlich, was Kate bejahte.

„Bitte, Kate, sie müssen ihr helfen. Ganz gleich was passiert ist. Elke ist keine Mörderin. Irgendjemand muss sie unter Drogen gesetzt haben. Sie ist ja völlig durch den Wind."

Kate traute Schwester Angelika, schon aufgrund ihrer jahrelangen Erfahrung als Praxisanleiterin zu, Menschen gut einschätzen zu können.

Aber wie oft man sich auch, Erfahrung hin oder her,

täuschen konnte, kannte sie aus ihrer Tätigkeit beim FBI nur zu gut.

„Wir tun was wir können", sagte sie daher vorsichtig.

„Das weiß ich doch", antwortete Schwester Angelika schnell und verabschiedete sich.

Dann ging Kate zurück ins Büro, wo Jasmin Frau Wildner bereits das dritte Glas Wasser einschenkte.

Sie setzte sich wieder und sah die junge Frau an.

„Das war Schwester Angelika. Sie macht sich große Sorgen um sie."

Ihr Gegenüber seufzte tief.

„Sie ist eine so tolle Schwester und ein so netter Mensch. Ich wusste einfach nicht an wen ich mich wenden sollte."

Kate nickte. Dann setzte sie sich aufrecht hin.

„Wie ging es denn weiter, nachdem sie nach Hause gekommen sind?"

Frau Wildner sah Jasmin an.

„Ich habe es ihr schon erzählt, als sie draußen waren. Also. Ich kam nach Hause und dann weiß ich nichts mehr, jedenfalls nichts so richtiges."

Kate warf Jasmin einen Blick zu, die die Augenbrauen hochzog.

„Könnten sie uns das ein bisschen besser erklären?"

Die junge Frau wirkte plötzlich völlig hilflos. Tränen traten in ihre Augen.

„Wissen sie wie das ist, wenn ihnen plötzlich Stunden aus ihrem Leben fehlen?"

Ihre Stimme klang jetzt kräftiger.

Kate rutschte in ihrem Sessel etwas mehr nach vorn.

„Ja, das weiß ich, Frau Wildner. Sehr gut sogar. Bei mir waren es nicht Stunden, sondern Tage."

Die junge Frau senkte den Kopf.

„Entschuldigen sie. Das wusste ich nicht, ich…"

Kate hob die Hand, um sie zu unterbrechen.

„Es geht jetzt nicht um mich, Frau Wildner. Sondern es geht um sie. Also. An was erinnern sie sich? Ganz gleich wie verworren es auch ist, sagen sie es uns."

Die Krankenschwester atmete tief ein und schloss die Augen. Das tat sie scheinbar, um sich besser konzentrieren zu können.

„Ich sehe alles wie im Nebel und so schemenhaft. Es ist wie in einem schlechten Traum. Bisher habe ich so etwas nur von unseren Patienten gehört. Aber man kann es nicht nachempfinden. Jetzt weiß ich wie sie sich fühlen müssen."

Kate unterbrach sie nicht.

Sie wusste, wie wichtig es war, dass die junge Frau sich sicher fühlte und nicht gedrängt wurde.

Erinnerungen waren sehr fragil und konnten nicht mit Druck herausgepresst werden.

„Ich weiß nur, dass ich in dem Park war. Und da war plötzlich so viel Blut und diese Frau. Sie lag einfach am Boden. Da konnte ich sie doch nicht liegen lassen? Ich habe sie auf die Bank gelegt, dass sie nicht so am Boden liegt."

Sie schwieg wieder.

„Und an was erinnern sie sich noch?", fragte Kate nach einer Weile des Schweigens.

Die junge Frau holte tief Luft.

„An ein Messer. Ein blutiges Messer. Ich hielt es in meiner Hand."

Schließlich seufzte sie und schob die Armel ihres Shirts nach hinten. Rechts und links waren einige sehr tiefer Kratzer zu sehen.

„Und das hier", sagte sie leise und sah auf ihre Arme.

Kate saß mit ihrer Stellvertreterin noch eine Weile im Büro. Jasmin hatte Frau Wildner in die Wohnung an der Bahnhofstraße gebrachte hatte, die Schulz Security für genau solche Notfälle angemietet hatte.

„Die muss sich erst einmal ausschlafen. Sie ist ja völlig durch den Wind", stellte Jasmin fest und schenkte sich noch ein Glas Mineralwasser ein.

Dann sah sie Kate an.

„Und? Wirst du es Mike sagen?"

Diese seufzte auf.

„Du meinst, die Loyalität meiner Klientin versus meinem Lebenspartner gegenüber? Das ist nicht einfach."

Dann lächelte sie.

„Darum ist es eigentlich ein Unding. Ich meine unsere Beziehung. Man kommt immer in irgendeinen Gewissenskonflikt."

Schließlich stand sie auf und nahm ihre Tasche.

„Ich werde Mike das sagen, was wir von ihr wissen. Aber nicht, wo sie ist. Mit Sicherheit gibt es keine hinreichenden Beweise, dass sie wirklich die Tat begangen hat."

Jasmin erhob sich ebenfalls, schlenderte mit dem Glas in der Hand in die kleine Küche neben dem Besprechungszimmer und stellte es dort in den Spüler.

„Hältst du es für möglich? Ich meine, dass sie wirklich die Täterin ist?", sagte sie schließlich und sah Kate an.

Diese schüttelte langsam den Kopf.

„Ich denke, hier sprechen mir fast zu viele Indizien dafür, dass sie die Täterin sein soll."

Als Mike mit Omar in der Hainstraße eintraf, hatten sie das Glück, direkt vor dem Haus, in dem Mandy Lange gewohnt hatte, einen Parkplatz zu finden.

Dank des Schlüssels konnte sie die Haustür öffnen und stiegen in die zweite Etage.

An der Wohnungstür war nur ein sehr schlichtes Namensschild mit *M. Lange* angebracht.

Kein Blumenkranz, kein Fußabtreter wie an den anderen Wohnungen. Nichts Individuelles.

Als sie die Tür aufschlossen, ging die gegenüberliegende Vorsaaltür auf und der weißhaarige Kopf einer älteren Frau erschien.

Als sie die zwei Fremden sah, runzelte sie nur die Stirn.

Mike griff in seine Tasche und zog seine Marke heraus. „Kriminalpolizei."

Er sah auf das Namensschild.

„Frau Müller, würden sie…"

„Ich sagte nichts", unterbrach sie ihn brüsk und die Tür wurde geräuschvoll ins Schloss geworfen.

„Oh, die lieben Nachbarn", murmelte Omar und trat kopfschüttelnd hinter Mike, der sich langsam Einmalhandschuhe anzog, in die Wohnung.

Die scheinbare Schmucklosigkeit setzte sich in der Wohnung fort.

Diese war einfach, geradezu spartanisch eingerichtet und enthielt scheinbar nur das Nötigste.

Eine Küche, die vielleicht bereits der Vormieter besessen hatte. Im Wohnzimmer eine schlichte, graue Couchgarnitur mit einem gefliesten Tisch davor und einem hellen Sideboard, auf dem ein großer Fernseher stand.

Die weiß getünchten Wände waren komplett leer.

Im Schlafzimmer setzte sich das Bild fort.

Ein helles, schlichtes Holzbett mit einer cremefarbenen Tagesdecke, ein Kleiderschrank mit akkurat geordneten Kleidern, Blusen und Hosen.

Langsam zog Mike die Schubladen auf, die einfache Unterwäsche und Strümpfe enthielten.

Omar, der sich auch inzwischen in Handschuhe gequält hatte, was durch die Hitze nicht einfach war, hatte am Sideboard ebenfalls eine Schublade geöffnet.

Leer. Keine Fotos, keine Zettel, nichts.

„Da ist ja eine Ferienwohnung üppiger ausgestattet", sagte er zu Mike, als dieser aus dem Schlafzimmer zurückkam.

Dieser sah sich kopfschüttelnd um.

„Es wirkt, als sei sie auf der Durchreise gewesen."

Dann zog er sein Smartphone aus der Tasche.

„Köhler. Findet doch mal bitte heraus seit wann Mandy Lange hier gemeldet war."

Dann steckte er das Telefon wieder in seine Tasche.

„Das ist wirklich seltsam. Nicht ein einziger persönlicher Gegenstand."

Dann ging er gemeinsam mit Omar ins Bad.

Das war der letzte Raum der Wohnung.

Auf dem kleinen Brett über dem Waschbecken stand ein Zahnputzbecher und eine Zahnbürste, ein einfaches Unisex-Deospray und in der blitzsauberen Dusche ein Duschbad mit Meeresduft.

„Fällt dir es auch auf?", fragte Mike Omar und dieser nickte.

„Für die gepflegte, geschminkte Frau, die wir gefunden haben, ist das reichlich spartanisch."

In diesem Moment klingelte Mikes Telefon.

Er zog es aus der Tasche und lauschte.

„Hm. Gut. Danke", sagte er.

„Also. Frau Lange ist hier seit einem knappen Vierteljahr gemeldet. Vorher lebte sie in verschiedenen Städten in Deutschland. Koblenz, Rheinfelden, Witten, um nur einige zu nennen. Was intcressant ist, sie lebte in keinem der Orte länger als ein halbes Jahr."

Omar streifte langsam seine Handschuhe ab.

„Ich glaube nicht, dass wir hier noch etwas finden", sagte er und Mike tat es ihm nach.

„Ich denke, wir können uns auch die Spurensicherung sparen. Diese Wohnung ist ja klinisch rein", bestätigte Mike.

Dann sah er sich noch einmal im Wohnzimmer um.

„Fällt dir etwas auf?", fragte er Omar und dieser nickte.

„Ja. Das ist mir auch gleich aufgefallen. Kein PC, kein Laptop. Falls nicht jemand vor uns da war, was ich sehr bezweifle, dann hatte sie so etwas nicht."

Mike räusperte sich.

„Wir haben auch kein Handy oder Smartphone bei ihr gefunden. Das ist mehr als seltsam."

„Wir sollten erst einmal schauen, was bei der Obduktion herauskommt. Ich werde mich jetzt gleich dran

machen", versprach Omar und damit verließen sie
die Wohnung.

In der ersten Etage läuteten sie an der Wohnungstür,
die direkt unter der von Frau Lange lag.

Eine Weile regte sich nichts, dann ging langsam die
Tür auf und ein verschlafenes Gesicht erschien.

„Was is`n?", fragte eine junge Frau mit zerzaustem
Haar.

Mike zeigte seine Marke vor. „Kriminalpolizei, ich…"

„Scheiße, die Bullen", schrie die junge Frau so laut,
dass Mike zusammenschrak und in der Wohnung
war heftiges Poltern zu hören.

Sie wollte die Tür zuschlagen, aber Omar hatte seinen
Fuß dazwischen gestellt und stieß diese so heftig auf,
dass die junge Frau verdutzt losließ.

„Omar", mahnte Mike, als dieser, davon unbeein-
druckt, über die Schwelle trat.

Der Geruch von Haschisch wabbelte förmlich durch
die Diele und ein junger Mann, nackt wie Gott ihn
schuf, rannte durch den Flur, bog aber bei Omars
Anblick nach links ab und knallte die Toilettentür
hinter sich zu.

Dort war das heftige Rütteln an einem scheinbar
klemmenden Fenster zu hören.

„Bevor ihr Freund zum Fenster hinausspringt, wir
sind weder seinetwegen noch ihretwegen noch wegen dem Haschisch hier. Es geht um die Frau, die
über ihnen wohnt."

Die junge Frau warf ihm einen misstrauischen Blick
zu, dann sah sie Omar an, der sie scheinbar arglos

61

anlächelte. Langsam nickte sie.

„Okay", sagte sie langgezogen und hieb mit der Faust gegen die Toilettentür.

„Ist gut, Marvin. Es geht nicht um dich. Die Bullen sind wegen Mandy von oben da."

Augenblicklich war Ruhe im Bad. Erst nach einer Weile wurde zaghaft die Tür geöffnet.

Der junge Mann, nicht älter als 20 Jahre, mit dunklen Locken, ließ seinen Blick von den beiden Männern zu der jungen Frau gleiten, murmelte dann etwas Unverständliches und verschwand in der Küche. Immerhin hatte er sich jetzt ein Handtuch um die schmalen Hüften geschlungen.

Die junge Frau, die sich zögerlich als Vivien Otto vorstellte, was zumindest mit dem Aufkleber an der Eingangstür übereinzustimmen schien, war nicht gewillt, die beiden Männer ins Wohnzimmer zu bitte.

„Also. Was wollen sie wissen?", fragte sie, sich lässig an die Flurwand lehnend.

Dass sie nur einen knappen Slip und ein Top trug schien sie nicht zu stören.

„Kannten sie Frau Lange näher?", fragte Mike und sah sofort ein Aufflammen in den Augen seines Gegenübers.

„Kannten? Vergangenheit? Sagen sie bloß, sie ist die Tote vom Lutherplatz?"

Scheinbar hatte das Haschisch nicht ihre Kombinationsgabe beeinflusst. Leugnen war zwecklos. Also nickte Mike.

„Krass", sagte sie, schüttelte aber gleichzeitig den

Kopf. Ihr war wohl selbst bewusst geworden, dass eine solche Äußerung unangebracht war.

„T`schuldigung", schob sie nach und sah Mike jetzt direkt in die Augen.

„Also, von Mandy kann ich nichts Schlechtes sagen. War immer ruhig und hat sich auch nie beschwert wenn`s mal bei uns bissel lauter zuging. Anders als die Müllern, das ist ein Zaraffel, sag ich ihnen."

Sie drehte die Augen nach oben und schenkte Omar ein schiefes Lächeln, der ihr mitfühlend zugenickt hatte.

„Hatte Frau Lange häufig Besuch?", brachte Mike das Gespräch wieder an sich.

Er merkte durchaus, dass die junge Frau ziemlich ungeniert mit Omar flirtete. Diese stieß langsam ihre Atemluft aus.

„Nein, eher nicht. Wenn ich genau nachdenke, habe ich eigentlich nie jemand hier gesehen. Aber sie war sowieso oft nicht zu Hause, denke ich jedenfalls. Also so ruhig wie es da oben immer war."

Dann sah sie wieder Omar an, von dem sie sich scheinbar mehr Auskünfte erhoffte.

„Hat man ihr wirklich die Kehle durchgeschnitten?", fragte sie leise, teils neugierig, teil aber auch betroffen.

„Steht das auch in den sozialen Netzwerken?", fragte Mike scharf, was mit einem leichten Schulterzucken beantwortet wurde.

„Gut", sagte er zu Omar. „Dann sind wir hier wohl fertig."

Als sie die Treppe hinunter gingen, meinte Mike: „Ich habe immer mehr das Gefühl, wir jagen hier hinter einem Phantom her."

Omar hielt ihm die Haustür auf. „Nicht nur du."

Mike hatte noch nie zu den Polizisten gehört, die sich darum rissen, bei einer Obduktion dabei zu sein zu dürfen.

Er sah es als ein notwendiges Übel und hatte, nach ein paar anfänglichen Schwächen, die meist am Waschbecken des pathologischen Institutes endeten, bisher solche Dinge stoisch durchgestanden.

Anders als sein Vorgänger, der derartige menschliche Schwächen gern als Steilvorlage nutzte, war Omar der Meinung, eine Obduktion war Sache des Pathologen und seiner Assistenz und nicht dazu da, um einen Polizisten vorzuführen und sich anschließend darüber lustig zu machen.

Er präsentiert lieber die fertigen und präzisen Tatsachen und konfrontierte Mike selten mit unappetitlichen Details sofern diese nicht tatrelevant waren.

Auch heute empfing er ihn am späten Nachmittag in seinem gemütlichen Büro mit den ansprechenden Farbdrucken an den Wänden und einer guten Tasse Kaffee auf dem kleinen Tisch.

Er hatte den Ausdruck seines Diktates vor sich liegen und wartete, bis Mike sich gesetzt und an der Kaffeekann bedient hatte.

Als dieser nickte, nahm Omar die Papiere zur Hand.

„Also. Frau Lange war nicht nur kerngesund. Sie war topfit und ungewöhnlich durchtrainiert. Schaut euch mal in den Fitnessstudios um. Bei ihr haben wir ja keine Kraftgeräte gefunden und das kommt nicht allein vom Joggen. Sie hat richtiges Krafttraining gemacht."

Mike nickte zum Zeichen, dass er sich gedanklich eine Notiz gemacht hatte.

„Aber jetzt kommt der Clou."

Omar machte eine Pause, die Mike ihm ließ. Er kannte die leicht theatralische Art des Pathologen und tolerierte sie.

„Ich habe mich gefragt, wie jemand eine so durchtrainierte Frau einfach so überwältigen konnte. Zumal, rein hypothetisch, unsere Frau Wildner. Als psychiatrische Schwester dürfte sie zwar auch ein wenig trainiert sein, aber sich nicht wie die Tote."

Er gestatte sich noch eine kleine Kunstpause, ehe er fortfuhr.

„Jemand hat ihr einen ganz schönen Hieb versetzt, direkt am Hinterkopf. Das dürfte sie zwar nicht komplett bewusstlos, aber ziemlich bewusstseineingetrübt gemacht haben."

Mike sah von seinem Teller auf.

Sie saßen auf der Terrasse beim Abendessen, weil es hier jetzt etwas kühler war.

Er starrte Kate an. Dann legte er langsam das Besteck aus der Hand und atmete tief ein.

„Du hast was?", fragte er geradezu gefährlich leise.

Kate lehnte sich zurück. Ihre ganze Körperhaltung drückte völlige Entspannung aus.

Sie nahm noch eine Gabel von dem Salat und steckte sie in den Mund. Nachdem sie sorgsam gekaut und geschluckt hatte, sah sie Mike wieder an.

„Ich habe meine Klientin." Das letzte Wort betonte sie besonders. „An einem sicheren Ort untergebracht, wo sie sich erst einmal ausschlafen kann. Dann wird sie entscheiden, wann und wie sie mit der Polizei sprechen wird. Oder hast du einen Haftbefehl für sie?"

Mike schnaubte verächtlich.

„Haftbefehl. Mach dich doch nicht lächerlich. Wir wollen erst einmal mit ihr sprechen. Und, das ist wohl auch für dich interessant, sie wollte zuerst mit uns sprechen. Dieser Pfleger Jens hat sie schließlich erst auf die Idee gebracht, sich aus der Klinik zu entfernen. So, wie sie sich jetzt verhält, macht sie sich dringend tatverdächtig."

Kate legte ihre Gabel sorgsam neben den Teller und atmete aus.

„Ich habe es heute schon zu Jasmin gesagt und jetzt sage ich es zu dir. Sprechen nicht zu viele Indizien für Frau Wildner als Täterin? Was hat denn das Labor und die Autopsie ergeben?"

Als Mike nur unwillige eine Augenbraue hob, lachte Kate leise auf.

„Komm schon. Oder glaubst du Omar sagt es Jasmin nicht? Unser Hochzeitspaar hat nun wirklich keine Geheimnisse voreinander."

Mike winkte ab, war aber schon weniger angespannt.

„LSD und Kokain, und zwar nicht gerade wenig. Das hat uns auch stutzig gemacht. Zumal uns dieser Jens erzählt hat, dass sie einen drogenabhängigen Bruder und eine Selbsthilfegruppe für betroffene Angehörige gegründet hat. Und da nimmt sie selbst Drogen? Omar lässt noch ein paar Tests laufen, für den Fall, dass bei ihr ein Langzeitkonsum vorliegt. Aber er ist auch davon überzeugt, dass die negativ ausgehen werden. Ich denke, wir sollten schnellstens mit ihr sprechen."

Kate schüttelte langsam den Kopf.

„Sie kann dir nichts anderes sagen als sie mir erzählt hat. Völliger Filmriss. Sie streitet aber nicht ab im Lutherplatz gewesen zu sein und auch nicht die Frau auf die Bank gelegt zu haben."

Dass sie sich an das Messer in ihrer Hand erinnerte, unterschlug Kate ihm erst einmal.

Ebenso verschwieg sie die Kratzspuren an den Armen von Frau Wildner.

Dann schob sie den Teller mit dem Rest des Salates von sich.

„Trotzdem." Mike blieb beharrlich. „Ich muss mit ihr sprechen. Kate, so geht das nicht."

Kate sah ihn an.

„Sie wird mit dir sprechen. Aber gib ihr einfach noch etwas Zeit. Die Frau stand massiv unter Drogen. Sie weiß nicht wo oben und wo unten ist."

Mike erhob sich und trat an die Terrassenbrüstung.

„Wenn wir eines nicht haben, Kate, dann ist es Zeit." Er drehte sich zu ihr um und schien einen Entschluss zu fassen.

„Also. Wenn sie es war, ich betone, wenn, dann war sie nicht allein. Wie groß würdest du sie schätzen?"

Kate überlegte nicht lange.

„Zwischen Einsfünfundsechzig und Einsachtundsechzig", antwortete sie prompt und Mike wusste, dass er sich auf ihre Beobachtungsgabe hundertprozentig verlassen konnte.

„Der Täter, der Frau Lange niedergeschlagen hat, war mindestens 10 bis 15 Zentimeter größer."

Als er das Lächeln auf Kates Gesicht sah, winkte er ab.

„Noch ist sie nicht vom Haken. Das weißt du ganz genau. Sie könnten als Täterpaar agiert haben."

Kate zog die Augenbrauen nach oben.

„Und wie wahrscheinlich ist das?", fragte sie, mit einem leicht zynischen Unterton.

Er wollte schon eine etwas schroffere Antwort formulieren, als Kates iPhone klingelte.

Kate runzelte leicht die Stirn, als sie dem Anrufer lauschte.

Dann sagte sie: „Gut, wir kommen."

Langsam erhob sie sich und sah Mike an.

„Frau Wildner möchte mit dir sprechen. Aber nur in meiner Anwesenheit."

„Wirklich?", fragte Mike mit hochgezogener Augenbraue, als Kate ihr Auto in der Annenstraße parkte. Er deutete auf den Hintereingang zu dem Haus, in dem Schulz Security eine Wohnung angemietet hatte. Dort hatte Kate eine Weile, zumindest pro forma gewohnt, als sie verdeckt im Pflegeheim „*Abendrot*" ermittelte.

Kate lächelte, als sie beide zur gleichen Zeit ausstiegen.

„Klar, warum nicht?"

Mike hatte zwar vermutet, dass Jasmin und Kate Frau Wildner irgendwo im Stadtgebiet untergebracht hatte, aber nicht geradezu vor seiner Nase.

„Das Einfachste ist scheinbar immer noch das Wirksamste. Oder nicht?", fragte Kate, als sie die Tür aufschloss und Mike aufhielt.

Dieser grunzte nur und stieg hinter ihr die Treppe nach oben.

Vor der Wohnungstür angekommen, verlangsamten sie beide den Schritt und sahen sich ungläubig an, als sich die Fahrstuhltür öffnete und Jasmin mit Omar im Schlepptau heraustrat.

Jasmin strahlte sie an.

„Ja, ich habe mit Elke gesprochen und ihr zugeraten mit euch zu sprechen. Ich dachte, Omar sollte gleich mit vor Ort sein, oder?"

Das fand Mike nicht unbedingt, hielt es aber für geraten, dies nicht zu äußern. Stattdessen lächelte er leicht und nickte.

„Na dann", sagte Kate, in deren Augen Mike ein

verdächtiges Funkeln bemerkte. Scheinbar konnte sie seine Gedanken lesen.

Auf ihr Klingeln hin öffnete Elke Wildner die Tür.

Sie sah schon etwas besser aus als heute Morgen. Die Ruhe und etwas Schlaf hatten ihr augenscheinlich gutgetan.

„Hallo", sagte sie leise und deutet nach innen.

Schweigend betraten alle die Wohnung.

Scheinbar hatte Frau Wildner im Wohnzimmer auf der breiten Couch gelegen. Eine Decke lag noch da, die sie jetzt hastig zusammenfaltete, als sei ihr die Tatsache peinlich.

„Wie geht es ihnen?", fragte Kate als Erstes und stellte sich neben sie.

Die junge Frau nickte zögerlich.

„Es ist schon etwas besser. Ich habe gefühlte vier Liter getrunken, in der Hoffnung die Drogen etwas heraus zu spülen und ich konnte auch ein bisschen schlafen."

Nachdem Kate die beiden anwesenden Männer vorgestellt hatte, nahmen alle im Wohnzimmer Platz.

„Danke, dass sie bereit sind mit uns zu sprechen", begann Mike. „Können sie sich an irgendetwas erinnern?"

Relativ strukturiert erzählte Elke Wildner fast mit den gleichen Worten das, was sie bereits am Vormittag Kate und Jasmin erzählt hatte. Dabei ließ sie auch die Erinnerung an das Messer nicht aus.

Als sie dies erwähnte, wechselten Omar und Mike einen Blick miteinander.

„Wissen sie noch, wie sie ins Klinikum gekommen sind?", fragte Omar.

Erst jetzt schien Frau Wildner ihn richtig zu bemerken und wandte sich ihm zu.

„Es ist alles so verschwommen. Wie in einem schlechten Traum", begann sie, scheinbar in der Hoffnung, dass er als Mediziner, als den man ihn ihr vorgestellt hatte, das am besten nachvollziehen konnte.

Sie schien richtiggehend erleichtert, dass dieser verständnisvoll nickte.

„Das glaube ich ihnen, Frau Wildner. Bei dem Cocktail, den sie im Blut hatten, ist es ein Wunder, dass sie sich überhaupt noch an etwas erinnern."

Kate spürte, wie sich Mike neben ihr versteifte.

Scheinbar war er ganz und gar nicht mit Omars Einmischung zufrieden.

Als er in dessen Gespräch eingreifen wollte, spürte er ihre Hand auf der seinen. Er sah Kate an und sie schüttelte leicht den Kopf.

„Ich sehe alles so schnell an mir vorbeiziehen", sagte jetzt Frau Wildner, ohne auch nur eine Sekunde Omar aus den Augen zu lassen.

Dieser nickte wieder.

„Könnten sie in einem Auto gesessen haben?", fragte er nach und Kate hörte nur Mikes leises Stöhnen neben sich.

Elke Wildner zuckte die Schultern.

„Möglich", sagte sie vage.

Da erhob sich Omar und ging langsam auf sie zu.

Er ergriff ihre Hand, ganz sanft, als habe er Angst, sie

zu verletzen.

„Darf ich mir ihre Unterarme anschauen?", fragte er und schob nach Elke Wildners zögerlichen Nicken die Ärmel ihres Shirts etwas zurück.

Mike erhob sich und trat neben ihn.

Zusammen sahen sie auf die deutlichen Kratzspuren auf beiden Unterarmen der jungen Frau.

Mike sah Omar gespannt an.

Sie saßen wieder im pathologischen Institut und die Uhr zeigte bereits weit nach Mitternacht an.

Kate und Jasmin hatten Elke Wildner nach der Untersuchung hier im Institut zurück in die Wohnung an der Bahnhofstraße gebracht und Jasmin hatte sich bereit erklärt, heute Nacht bei ihr zu schlafen.

Mike hatte entschieden, dass die offizielle Vernehmung von Frau Wildner noch bis zum Morgen Zeit hatte.

Omar drehte seinen Laptop zu Mike herum.

Dort waren die Aufnahmen der Unterarme von Frau Wildner stark vergrößert zu sehen.

„Die Gewebsanalyse wird noch dauern", erläuterte Omar das Offensichtliche, was Mike schon wusste.

„Aber", setzte er nach. „Wenn wir uns diese Aufnahmen anschauen, kann ich dir schon mit ziemlicher Sicherheit sagen, dass Frau Lange Frau Wildner zwar gekratzt hat, aber sicher nicht aus eigenem Antrieb."

Jetzt hatte er Mikes ungeteilte Aufmerksamkeit.

„Wie meinst du das?", fragte er interessiert.

Omar deutet auf die Aufnahmen.

„Diese Kratzer weisen alle eine gleichbleibende Tiefe auf."

Er fuhr zur Demonstration mit seinem Kugelschreiber über die Abbildung.

„Es gibt keine Vertiefungen, wie sie eintreten, wenn du jemand, etwa in Todesangst, kratzt. Auch auslaufende Verflachungen treten nicht auf. Wir haben links und rechts auf den Armen fast analoge Muster."

Mike sah Omar auffordernd an.

„Also?", fragte er nach.

Omar wiegte wieder seinen Kopf hin und her. Das tat er immer, wenn er noch etwas unentschlossen war.

„Ich würde es jetzt noch nicht als offizielles Gutachten herausgeben. Aber diese Kratzer wurden Frau Wildner gezielt beigebracht. Jemand hat die Nägel von Frau Lange über die Unterarme von ihr gedrückt. Tief und gleichmäßig."

Mike runzelte die Stirn.

„Geht denn das?"

Omar zuckte die Schultern.

„Du ahnst nicht, was alles geht."

Dann fuhr er fort. „Frau Lange war bewusstseinsgetrübt durch den Schlag. Frau Wildner war mit Drogen vollgepumpt. Der Modus Operandi, der Täter nimmt die Hände von Frau Lange und presst die Nägel gleichmäßig fest in die Unterarme von Frau Wildner."

„Aber warum?", fragte Mike mehr sich selbst.

Aber Omar nahm diese Bemerkung begierig auf.

„Um eine perfekte Täterin zu haben. Mord im Drogenrausch. Ein blutiges Messer mit Fingerabdrücken und Kratzer an beiden Unterarmen, die mit der DNA des Opfers übereinstimmt. Sei ehrlich, das ist schon fast zu perfekt. Und genau das war es auch, was mich von Anfang an stutzig gemacht hat."

Mit einer zufriedenen Miene lehnt der Pathologe sich zurück und sah Mike auffordernd an.

Dieser war nicht gewillt, ihm zu schnell zuzustimmen. Auch wenn Omars Theorie in weiten Teilen seine Zustimmung fand.

Immerhin bestand noch die Möglichkeit einer Mittäterschaft. Aber je länger er darüber nachdachte, desto unwahrscheinlicher erschien es ihm. Er schloss erschöpft die Augen.

Heute würde er wohl keinen klaren Gedanken mehr fassen können.

Wenigstens ein paar Stunden Schlaf. Gerademal vier Stunden, korrigierte er sich, als er auf die schlichte Uhr in Omar Büro blickte.

Dieser erhob sich.

„Wir treffen uns morgen früh. Soll ich dich zu Kate fahren?"

Mike schüttelte den Kopf.

„Danke. Ich fahr selbst. Und zwar zu mir. Ich will sie jetzt nicht wecken."

Er nickte Omar zu und ging.

„Wie schafft es Omar nur, so frisch und ausgeruht auszusehen?", dachte Hauptkommissar Mike Köhler, indem er, zugegeben etwas neidisch, den frisch und fundiert formulierten Aussagen des Pathologen lauschte, als sie sich, wie vereinbart, um 8.00 Uhr im Präsidium zur Lagebesprechung einfanden.

Omar Amri hatte scheinbar die ganze Nacht durchgearbeitet, denn er konnte jetzt eindeutig nachweisen, dass Elke Wildner die Kratzer an beiden Unterarmen vorsätzlich beigebracht worden waren.

Auch wenn sie damit noch nicht 100 % „vom Haken war", wie Mike es recht salopp formulierte, wurde ihre unmittelbare Tatbeteiligung immer unwahrscheinlicher.

„Wir sollten uns mehr auf das Opfer, Mandy Lange, konzentrieren. Von ihr wissen wir so gut wie gar nichts. Außer, dass sie in fast halbjährlichem Rhythmus ihren Wohnort gewechselt hat", begann Mike, so gut es ging gegen seine Müdigkeit ankämpfend.

Er angelte über den Tisch zu der Kaffeekanne, die Omar ihm mit einem strahlenden Lächeln zuschob.

Kommissarin Jäger zog die Stirn etwas kraus.

„Vielleicht eine Professionelle?"

Ehe Mike etwas sagen konnte, lachte Omar auf.

„Na, wenn ihre Kunden auf Minimalismus ala Ikea stehen, sicher."

„Und wie hat sie Kontakt aufgenommen zu ihren Kunden? Ohne Handy, Laptop oder PC?", schob Mike nach.

Kommissaranwärter Frieder Lein, ein dunkelhaariger

Lockenkopf mit wachem Verstand und überschäu-
menden Temperament, rutschte ungeduldig auf seinem Stuhl hin und her, bis Mike ihn auffordernd
ansah.

„Wissen sie, wo Frau Lange geboren ist? In Greiz.
Das sind keine 25 km von hier. Warum nimmt sie
sich hier eine Wohnung, wenn sie dort mal zu Hause
war? Sicher hat sie noch Verwandte oder Freunde."
Mike zuckte lakonisch die Schultern.

„Dann finden sie es heraus, Frieder. Marianne und
ich werde jetzt die offizielle Vernehmung mit Frau
Wildner erledigen und dann intensivieren wir die
Recherchen über Frau Lange. 16.00 Uhr wieder hier.
Danke. Omar, ich denke, wir brauchen dich dann
heute Nachmittag nicht mehr."

Er klopfte auf den Tisch, um anzuzeigen, dass die
Lagebesprechung hiermit zu Ende war.

Mike hatte wieder indisches Essen mitgebracht, für dass sie in letzter Zeit beide ein Faible entwickelt hatten.

Kate sah während des Essens zu ihm hinüber.

Er wirkte abgespannt und einfach nur müde. Kein Wunder. In den letzten 72 Stunden hatte ein kaum 3 Stunden geschlafen.

Zumindest war es im Speisezimmer angenehm kühl. Als jemand, der jahrelang in den Südstaaten der USA gelebt hatte, war der Einbau einer Klimaanlage einer der wichtigsten Punkte auf Kates Renovierungsliste des Hauses gewesen.

In diesem Glutsommer erwies es sich als eine kluge Entscheidung, wie auch Mike immer betonte.

„Und?", fragte sie schließlich, als Mike seinen nur halb geleerten Teller von sich schob.

Dieser zog die Schultern nach oben.

„Es ist nach wie vor die Jagd nach einem Phantom. Frieder hat herausgefunden, dass Frau Lange zwar hier in der Nähe, in Greiz, geboren wurde, aber dort im Kinderheim aufgewachsen ist. Mit achtzehn Jahren hat sie das Haus verlassen und dann Jahre in Indien gelebt. Seit fünf Jahren ist sie wieder in Deutschland und lebte in einigen Städten. Allerdings maximal immer ein halbes Jahr. Marianne hatte schon die Idee, sie sei eine Professionelle. Aber ohne Telefon und PC? Auch spricht nichts in der Wohnung dafür. Wir treten auf der Stelle."

Kate hatte sich erhoben und war hinter Mike getreten.

Vorsichtig legte sie ihre Hände an seine Schläfen und massierte diese sanft. Er stieß ein zufriedenes Seufzen aus.

„Du brauchst mal eine Nacht Schlaf. Irgendwann kann man nicht mehr rational denken. Ich weiß, wovon ich spreche. Leg dich hin. Ich werde morgen früh noch mal in die Hainstraße fahren und zusehen, ob ich etwas bei den Nachbarn herausfinde. Gibst du mir den Wohnungsschlüssel von Mandy Lange?"

Mike legte den Kopf in den Nacken und sah Kate in die Augen.

„Du weißt, dass ich dich nicht einfach in diese Ermittlungen einbeziehen kann?"

Sie lächelte ihn an.

„Das weiß ich und du auch. Aber interessiert uns das?"

Er erhob sich etwas schwerfällig und legte seine Hand auf ihre Wange.

„Einmal FBI Agentin, immer FBI Agentin? Okay, aber halte den Ball flach", sagte er leise.

In seinem jetzigen Zustand war es ihm scheinbar völlig egal, ob Kate noch eine Truppe Special Agents hinzuziehen würde.

Sie nickte und begann den Tisch abzuräumen.

Mike hob die Hand.

„Sorry, ich mach das wieder gut. Aber ich hau mich jetzt einfach mal aufs Ohr."

„Aber ja doch. Ich mach das hier schon allein. Vergess` das mit dem Schlüssel nicht."

Sie warf ihm einen Luftkuss zu, bevor er in der oberen Etage verschwand.

Kate zog den Schlüssel aus der Tasche und wollte gerade die Wohnungstür von Mandy Lange aufsperren, als sich gegenüber die Vorsaaltür öffnete und eine weißhaarige Frau grimmig zu ihr herüberschaute.

„Was wollen sie?", fragte sie barsch.

Kate wandte sich ihr zu.

„Guten Tag. Ich bin Katherina Lange, Mandys Schwester."

Sie trat einen Schritt näher an die Frau heran und streckte dieser die Hand hin. Nach einigem Zögern ergriff die alte Frau sie.

„Müller", stellte sie sich knapp vor und musterte Kate von oben bis unten.

„Naja, sehr ähnlich sehen sie ihrer Schwester nicht", stellte sie fest.

Kate lächelte etwas.

„Mandy ist…ich meine, sie war meine Halbschwester. Wir hatten nicht sehr viel Kontakt. Jetzt hat mich die Polizei benachrichtigt."

Frau Müller schien mit dieser Aussage zufrieden zu sein.

„Naja, ist ja auch eine traurige Sache", sagte sie, um einen angemessenen Tonfall bemüht.

„Haben sie sich oft mit meiner Schwester unterhalten, ich meine…"

Frau Müller hob abwehrend die Hand.

„Ich bin nicht für Klatsch und Tratsch im Treppenhaus. Ich kümmere mich um niemand und will nicht, dass sich jemand um meine Angelegenheiten kümmert."

Kate dachte sich ihren Teil, nickte aber verständnisvoll.

„Ich wollte nur wissen, ob sie Freunde hatte. Jemand,
den ich vielleicht benachrichtigen sollte?"

Frau Müller zuckte leicht die Schultern.

„Also ihre Schwester war eine sehr ruhige, anständige Mieterin. Nicht wie diese Vandalen unter ihr. Mu-
sik bis zum Anschlag und Drogen."

Sie machte eine Kunstpause.

Als Kate nicht reagierte, seufzte sie nur.

„Jedenfalls habe ich sie, also ihre Schwester, nie mit
jemand gesehen. Da kann ich ihnen leider nicht helfen."

Kate nickte.

„Trotzdem. Danke, Frau Müller."

Sie öffnete die Tür und ging hinein.

Genau wie Mike und Omar vor ihr durchstreifte sie
nacheinander alle Räume, ließ jedes einzelne Zimmer
auf sich wirken.

Schließlich trat sie an das Fenster im Wohnzimmer
und sah hinaus.

Gegenüber fuhr gerade die Parkeisenbahn, die in
ihrer Kindheit noch Pioniereisenbahn hieß, ein.

Wie oft war sie wohl damit gefahren?

Lächelnd sah sie zu, wie Kinder die offenen Wagen
stürmten. Vielleicht sollte sie es wieder einmal tun,
mit der Bahn fahren. Es war doch gleich, wie alt sie
war.

Sicher konnte sie Mike, Omar und Jasmin dazu überreden.

Dann wandte sie sich ab und verließ die Wohnung.

Sorgsam schloss sie zu, denn sie war sich sicher, dass Frau Müller, die sich angeblich um nichts kümmerte, hinter der Vorsaaltür stand und sie beobachtete.

Als sie langsam die Treppen hinunterstieg und das eben Gesehene vor sich wie einen Film abspulte, war sie sich plötzlich sicher, was genau Frau Lange hier gemacht hatte.

Aber das musste sie beweisen, bevor sie Mike ihre Vermutungen mitteilte.

„Ich frage mich, warum du mich unbedingt in dieses Kinderheim begleiten willst", fragte Mike, als er sein Auto durch den Nachmittagsverkehr von Greiz lenkte. Das Navi schien sie sicher ans Ziel zu steuern.

„Lass mich doch", sagte Kate. „Außerdem wollte ich schon lange mal wieder hier her."

Mike runzelte die Stirn und sah zu ihr hinüber.

„Nach Greiz?", fragte er ungläubig.

Kate nickte.

„Ja. Ich war mit meinem Vater oft hier im Park. Er ist sehr schön, auch das Schloss."

„Hm", brummte Mike als das Navi sich meldete mit: *Sie haben ihr Ziel erreicht.*"

Er fand sofort einen Parkplatz und sie klingelten am Außentor der Gründerzeitvilla, die das Kinderheim beherbergte.

Ein älterer Mann in Jeans und T-Shirt öffnete ihnen.

„Hauptkommissar Köhler?", fragte er und Mike wies sich aus. Dann deutete er auf Kate.

„Meine Partnerin", murmelte er.

Kate hielt dem Mann die Hand entgegen, die dieser ergriff.

„Schulz, Kate Schulz", stellte sie sich lächelnd vor.

„Ich bin Heiner Kraft. Wir hatten telefoniert.", sagte er an Mike gewandt.

Dann deutet er zur Eingangstür.

„Gehen wir rein. In dieser Hitze ist es ja kaum auszuhalten."

Dabei war es in seinem Büro auch nicht wirklich kühler, wie Mike feststellte. Er nahm aber dankend das eisgekühlte Mineralwasser an.

„Es geht ihnen also um Mandy Lange?", kam der Mann gleich zum Punkt. „Sie war bis zu ihrem achtzehnten Lebensjahr hier. Die letzten vier oder fünf Jahre auch in meiner Gruppe."

Er nahm ein Album vom Schreibtisch und zeigte Mike und Kate ein Gruppenbild.

Es war im Garten des Hauses aufgenommen und zeigte sieben Jugendliche. Vier Jungs und drei Mädchen. Auf das eine Mädchen, sie hatte langes, blondes Haar, zeigte er. „Das ist Mandy."

Dann sah er Mike an. „Oder vielmehr war. Ich kann es immer noch nicht fassen."

Er schüttelte den Kopf.

Kate beugte sich etwas nach vorn.

„Wie würden sie Mandy beschreiben, vom Charakter her, meine ich."

Der Erzieher lächelte etwas.

„Sie war ein richtiges liebes Mädchen. Die Mutter war mit den beiden Kindern einfach nur überfordert. Nicht, dass sie die Kinder nicht liebte, das tat sie. Aber dann kam der Alkohol dazu und schließlich schritt das Jugendamt ein. Mandy und ihr Bruder kamen hier her. Das war aber vor meiner Zeit. Von den Kollegen wusste ich nur, dass sie trotz allem gut erzogen waren, nett, zuvorkommend. Ihr Bruder Frank war schon weg, als ich hier angefangen habe. Er ist fünf Jahre älter als sie und mit achtzehn gleich nach Indien ausgewandert. Die Geschwister hingen sehr aneinander, darum schrieb er ihr auch regelmäßig. Und Mandy schwärmte davon, auch nach Indien zu gehen. Wenn sie achtzehn ist, versteht sich."

„Hat sie es getan?", fragte Kate nach, noch ehe es Mike tun konnte.

Der Erzieher nickte.

„Ja. Allerdings nicht gleich mit achtzehn Jahren. Sie hat erst ihre Lehre abgeschlossen, als Krankenschwester. Damit hatte sie natürlich eine gute Grundlage, um in ein Dritte-Welt-Land zu gehen. Sie hat sich noch von mir verabschiedet."

Mike nahm sein Smartphone und zeigte ihm das Bild von Mandy Lange. Es war ein Tatortfoto, aber man sah weder das Blut noch den Halsschnitt.

Der Erzieher betrachtete es eine Weile sinnend. Dann schüttelte er langsam den Kopf.

„Also, ich würde sie auf diesem Bild nicht erkennen. Aber naja. Menschen verändern sich eben."

Er sah sich das Bild noch eine Weile an. Dann setzte er sich auf dem Stuhl zurück.

„Und auch die Kleidung. So elegant. Sie hatte immer so ein Faible für Hippiestyle."

Er deutete auf das Gruppenbild, wo Mandy mit einem wallenden Kleid mit bunten Ketten neben den anderen stand.

Dann schüttelte er den Kopf.

„Ich weiß es nicht."

Kate nahm noch einmal das Gruppenfoto zur Hand und nahm ihr iPhone.

„Ich darf doch?", sagte sie und fotografierte es ab, ohne seine Antwort abzuwarten.

Als Mike sich erhob, fragte er noch: „Die Mutter von Frau Lange? Wohnt sie noch hier in Greiz?"

Der Erzieher nickte.

„Ja. Allerdings lebt sie inzwischen in einem Pflegeheim. Es ist gleich hinten am Park."

Er brachte seine Besucher zum Ausgang.

„Wissen Sie", sagte er, als er die Klinke am Tor bereits in der Hand hatte. „Ich verstehe nicht, warum Mandy nicht einmal vorbeigekommen ist. Die paar Kilometer von Plauen herunter."

Dann zuckte er mit den Schultern.

„Naja, vielleicht hat sie auch nur ihre Mutter besucht. Sie hatten ja, trotz allem, immer ein gutes Verhältnis zueinander."

„Nein, also Besuch hatte Frau Lange nie. Nicht so lange ich mich erinnern kann. Ihr Sohn ruft immer einmal an. Er lebt in Indien und erkundigt sich auch nach ihr. Sie hat hier einen staatlich bestellten Betreuer, der sich um alles kümmert."

Die Altenpflegerin mit dem Namen Cassandra, wie es ihrem Namensschild zu entnehmen war, ging vor Mike und Kate her durch den langen Flur und deutete auf ein Zimmer.

„So, hier sind wir. Ich schau nur, ob alles in Ordnung ist, dann können sie rein, Herr Hauptkommissar. Aber ich sage es ihnen gleich, viel erfahren werden sie von Frau Lange nicht. Sie ist wirklich schwer dement."

Sie lächelte die beiden Besucher an und klopfte an die Tür.

Kate trat etwas näher an die Tür heran, während Mike Abstand hielt und aus dem Flurfenster in den großen Park hinaussah.

„Ich kämme sie noch ein bissel, Frau Lange. Wenn sie schon Besuch haben, wollen sie doch hübsch aussehen", hörte sie, dann kam die Altenpflegerin heraus. „Sie können rein."

Mit einem Lächeln ging sie wieder nach vorn in Richtung des Dienstzimmers, während Mike nach Kate das Zimmer betrat.

Es war klein und etwas verwinkelt, was sicher an dem alten Gebäude lag.

Die Frau, die nach Mikes Recherchen knapp über sechzig Jahre alt war, wirkte deutlich älter.

Schlank, fast mager, trug sie einen unvorteilhaft en-
gen, pinkfarbenen Pullover mit der schreiend bunten
Aufschrift *Love* und eine graue Leggings.

Das dunkelblonde Haar war von dicken, grau-
weißen Strähnen durchzogen und recht lieblos ge-
schnitten. Eine solche Frisur hatte man in seiner Ju-
gend als *Topfschnitt* bezeichnet.

Ihr Blick war starr auf eine Plüschkatze gerichtet, die
sie in rhythmischen Bewegungen streichelte.

„Guten Tag, Frau Lange", sagte Mike leise, aber laut
genug, um verstanden zu werden.

Keine Reaktion. Hilflos sah er Kate an, die mit den
Schultern zuckte.

„Das war wohl umsonst", sagte er schließlich und
wandte sich der Tür zu.

Er sah dabei nicht, dass Kate etwas aus Nachtischkas-
ten nahm und in ihre Handtasche steckte.

Als Mike am Nachmittag in der Kaffeerösterei eintraf, saßen Omar und Kate bereits dort auf der Couch und tranken Kaffee und kaltes Zitronenwasser.

Sie unterhielten sich angeregt und bemerkten ihn erst, als er direkt am Tisch stand.

„Was gibt es denn so dringendes?", fragte er statt einer Begrüßung und scheinbar machte auch ihn langsam die schier endlose Hitze über Gebühr reizbar.

Als er sah, wie Kate eine Augenbraue leicht nach oben zog, beugte er sich nach vorn und küsste sie auf die Wange.

„Entschuldigt", murmelte er und klopfte auch Omar auf die Schulter.

Inzwischen hatte Daniel ihm ebenfalls ein Glas Wasser mit einer schwimmenden Zitronenscheibe hingestellt.

„Der Kaffee kommt noch", sagte er und ließ die drei allein. Mike nahm einen kräftigen Schluck und setzte sich schließlich.

„Also?", fragte er nochmals, diesmal etwas entspannter und als er Omars Grinsen sah, wusste er, dass ihn wieder ein medizinischer Monolog erwarten würde.

Resigniert ließ er sich in dem schmalen Sessel zurückfallen und schien sich in das Unvermeidliche zu fügen, als Omar nur acht Worte sagte.

„Frau Lange ist nicht die Mutter der Toten."

Mike runzelte erst die Stirn, dann sah er Kate an und beugte sich nach vorn.

„Woher willst du das denn wissen?", fragte er den

Pathologen, der nun seinerseits Kate ansah.

Diese zuckte die Schultern.

„Bevor du mir jetzt die Leviten liest, lass mich bitte ausreden", sagte sie. „Ich habe Frau Langes Haarbürste mitgehen lassen und Omar um eine DNA-Analyse gebeten."

Mike sah zwischen ihr und Omar hin und her. Schließlich musterte er Kate intensiv.

„Und warum?"

Sie lehnte sich jetzt zurück, weil Daniel Mikes Kaffee servierte. Als er wieder hinter dem Tresen verschwunden war, beugte sie sich leicht nach vorn.

„Weil ich, wie ihr beide auch, in der Wohnung der Ermordeten war. Ich hatte nur die Informationen von euch und auf den ersten Blick wirkte alles ganz schlicht und einfach. Aber dann war mir fast zu einhundert Prozent klar, was die angebliche Mandy Lange war."

Mike schüttelte den Kopf.

„Was sie war? Nicht wer?"

Kate hob die Hand, als wolle sie ihn bitte, sie nicht noch einmal zu unterbrechen.

„Ich glaube nicht, dass ihr so schnell herausbekommt, wer sie war. Diese Frau, die sich als Mandy Lange ausgab, war in Wahrheit eine Agentin, die undercover ermittelte."

Mike ließ sich mit einem Schnauben zurückfallen und sah Omar an, der völlig konzentriert Kates Ausführungen lauschte.

„Jetzt geht die Fantasie aber wirklich mit dir durch.

Eine Geheimagentin wird in Plauen ermordet. Das ist ja der Stoff, aus dem amerikanische Thriller sind. Die Realität ist eindeutig prosaischer."

Hier schien es Omar geraten in das Gespräch einzugreifen.

„Mike", sagte er mit seiner dunklen Stimme geradezu hypnotisch. „Die DNA lügt nicht."

Dieser winkte ab.

„Das mag schon sein. Aber gleich eine Geheimdienstsache daraus zu machen, das ist wohl etwas weit hergeholt."

Kate ließ sich nicht entmutigen.

„Ist dir nicht in den Sinn gekommen, dass es eine Bedeutung hat, wenn jemand fast halbjährlich seine Umgebung wechselt? Kein Handy, keinen PC? Und dann wirkte die Frau im Lutherplatz ganz und gar nicht wie das verträumte Hippiemädchen auf dem Bild, das wir im Kinderheim gesehen haben."

„Menschen verändern sich", warf Mike ein.

„So sehr, dass der Erzieher, der sie über vier Jahre fast täglich sah, sie nicht mehr auf dem Bild erkennt? Dass sie ihr altes Kinderheim nicht aufsucht, obwohl sie faktisch in der Nachbarschaft lebt? Dass sie sich nicht bei ihrer Mutter meldet, mit der sie doch, wie der Erzieher uns sagte, trotz allem eine innige Beziehung hatte?"

Selten hatte sich Kate so in Feuer geredet.

Sie merkte es selbst erst, als sie bemerkte, wie die beiden Männer sie ansahen.

Als sie schwieg, trank Mike seinen Kaffee aus und

stand auf.

„Ich muss zur Besprechung."

Er schüttelte noch einmal den Kopf, als wolle er eine lästige Fliege vertreiben, hob nur leicht die Hand und ging.

Omar sah ihm sprachlos nach.

„Also das ist doch…"

Doch Kate lächelte nur.

Mike eilte die Bahnhofstraße hinunter, als er plötzlich in Höhe des Hotels Alexandra stehen blieb.

Vielleicht hatte er Kates Theorie zu schnell und zu brüsk abgetan? Wenn er ehrlich war, hatten sie bis jetzt keinen, nicht den geringsten Ansatz.

Und wie er sich eben aufgeführt hatte, darin erkannte er sich selbst nicht wieder.

Machte ihm die Hitze wirklich so viel zu schaffen oder war es der Fall, bei dem er das Gefühl hatte, auf der Stelle zu treten?

Wahrscheinlich war es eine Mischung aus beidem, aber keine Entschuldigung dafür, sich so zu benehmen.

Spontan drehte er sich um und lief die Bahnhofstraße wieder hinauf.

Kate und Omar saßen noch auf ihren Plätzen, als er die Kaffeerösterei wieder betrat.

Daniel hob den Kopf und grinste.

„Das ist ja heute wie bei *Und täglich grüßt das Murmeltier*. Noch einen Kaffee, Herr Hauptkommissar?"

Mike nickte und setzte sich, ohne ein Wort zu sagen, wieder auf den Stuhl, von dem er vor ein paar Minuten aufgestanden war.

Während Omar sich vernehmlich räusperte, sagte Kate nichts. Sie sah ihn nur eine Weile an und trank dann ihren Kaffee aus.

Mike wusste nicht, wie er das Gespräch wieder aufnehmen sollte.

Das war genau das, was ihn an Kate verunsicherte.

Eine andere Frau wäre beleidigt gewesen, hätte ihm

vielleicht eine Szene angesichts seines rüden Verhaltens gemacht. Nicht Kate.

In solchen Situationen war sie die Ruhe selbst.

Aber scheinbar spürte sie sein Unbehagen und sagte: „Hast du dich mit unserer Theorie etwas arrangiert?"

Es kostete ihn Überwindung, aber er nickte.

Kate gab Daniel ein Zeichen und der stellte sofort eine Tasse unter die chromblitzende Maschine. Noch einen Cappuccino für sie.

Schließlich sah sie Mike an.

„Weißt du, ich wollte dir nicht ins Handwerk pfuschen. Aber ich habe selbst einige Undercovereinsätze absolviert und das auf fremdem Terrain. Meine Wohnungen sahen ähnlich aus. Darum kam es mir spontan bekannt vor. Euch konnte es nicht auffallen, weil ihr diese Verbindung nicht herstellen konntet."

Mike fuhr sich mit der Hand durch sein Haar.

„Das lässt uns ganz schön dumm dastehen", sagte er schließlich und nahm seinen Kaffee entgegen.

Kate schüttelte den Kopf.

„Wieso? Keiner weiß, dass es meine Idee war. Ich meine keiner außer dir und Omar."

Dieser machte ein Zeichen, als seien seine Lippen versiegelt. Aber Mike winkte ab.

„Darum geht es doch gar nicht. Aber das LKA wird sofort den Fall an sich reißen, ist doch klar, wenn der Verdacht besteht, dass hier ein Geheimdienst, ganz gleich von wo, involviert ist."

Kate blieb entspannt und nippte an ihrem Cappuccino, was ihn verärgerte.

Hätte sie sich in ihrer aktiven Dienstzeit beim FBI nicht gegrämt, wenn eine andere Behörde ihr den Fall entzogen hätte?

Schließlich setzte sie die Tasse ab und lehnte sich zu ihm hin.

„Dann lass sie doch ermitteln."

Als sie seine geradezu verstörte Miene sah, musste sie an sich halten, nicht laut aufzulachen.

„Mike. Wer immer diese Frau war und für wen sie auch gearbeitet hat, dieser Mord hatte damit nichts zu tun."

Jetzt hatte sie nicht nur Mikes, sondern auch Omars Aufmerksamkeit, der bisher schweigend auf der Couch neben ihr gesessen und auf die Bahnhofstraße hinausgeschaut hatte.

„Kein Profi würde so eine Schweinerei anrichten. Es sei denn, es sollte ein Signal sein, Bandenkrieg, Rivalitäten andere Art, aber nicht, um einen Geheimagenten umzubringen."

„Weil es eben nicht darauf hindeuten sollte", warf jetzt Omar ein.

Kate schüttelte den Kopf.

„Nein. Diese Frau war ein Zufallsopfer, davon bin ich überzeugt. Das ist schon makaber. Eine Geheimagentin wird für solch eine Sache aus Versehen ausgewählt. Wäre sie nicht niedergeschlagen worden, der Täter hätte gegen sie keine Chance gehabt. So durchtrainiert wie sie war. Aber sie hat den Angriff nicht kommen sehen, weil sie sich sicher gefühlt hat. Das war ihr Pech."

Mike stöhnte auf.

„Irgendwie verstehe ich das jetzt nicht."

Kate atmete hörbar aus und breitete fast theatralisch, was sonst so gar nicht ihre Art war, die Arme aus.

„Das eigentliche Opfer ist Elke Wildner. Sie wollte jemand aus dem Weg räumen, nicht durch Mord, sondern als potentielle Täterin für einen Mord. Hat nur leider nicht geklappt."

Als weder Omar noch Mike etwas sagten, erhob sich Kate geradezu abrupt.

„Also, meine Herren. Ich mache mich jetzt an meine Arbeit."

Als sie in zwei erstaunte Gesichter sah, musste sie lächeln.

„Ich habe den Eindruck, die Hitze bekommt euch beiden und vor allem eurer Kognition nicht beson-ders", sagte sie in einem legeren Plauderton.

Dann wurde sie ernst.

„Ich werde jetzt organisieren, dass meine Klientin, und das ist Frau Wildner ja auf eigenen Wunsch, zum einen rund um die Uhr Personenschutz bekommt. Denn wenn der Täter mitbekommt, dass die Polizei sie nicht mehr für die Täterin hält, könnte er auf die Idee kommen, etwas anderes zu versuchen. Und zum anderen will ich herausbekommen, was sie, vielleicht unwissentlich, ins Visier dieses Täters gebracht hat."

Sie nickte beiden zu.

Kurz vor dem Ausgang wandte sie sich noch einmal um.

„Omar, es kann sein, dass ich dich noch einmal brauche. Als Mediziner."

Dann sah sie Mike an.

„Bis heute Abend. Bringst du etwas Indisches mit?"

Ohne eine Antwort abzuwarten schloss sie die Tür hinter sich.

Elke Wildner war nach ihrer Vernehmung im Polizeipräsidium in ihre eigene Wohnung zurückgekehrt.

Zwar hatte ihr Frau Schulz angeboten, die Wohnung an der Bahnhofstraße weiter nutzen zu können und auch Jens hatte ihr seine Bude, wie er sie liebevoll nannte, zur Verfügung gestellt.

Aber es war ihr jetzt wichtig, in einer für sie sicheren Umgebung zu sein.

Sie goss erst einmal ihre Pflanzen, die einen sehr geknickten Eindruck machten. Dann setzte sie sich auf ihre Couch und zog die Beine an.

Warum nur konnte sie sich an nichts erinnern?

Sie hatte hier gesessen, nachdem sie vom Nad-Nad nach Hause gekommen war.

Aber was war dann passiert? Irgendjemand hatte ihr Drogen verabreicht. Aber wie? Und vor allen Dingen, warum?

Sie fuhr heftig zusammen, als neben ihr das Smartphone klingelte. Verärgert über sich selbst schüttelte sie den Kopf. Sie war ja fix und fertig mit den Nerven.

Nachdem sie bewusst ausgeatmet hatte, nahm sie das Gespräch an.

„Frau Wildner? Hier ist Kate Schulz. Es gibt eine neue Entwicklung in dem Fall. Kann ich bei ihnen vorbeikommen?"

Elke zögerte etwas.

„Ich habe noch nicht aufgeräumt. Kann ich vielleicht zu ihnen ins Büro kommen?"

„Nein", unterbrach Kate sie schnell. „Bleiben sie bitte

in ihrer Wohnung. Ich bin in spätestens zehn Minuten da."

Mit einem Stirnrunzeln legte Elke Wildner das Telefon aus der Hand.

Was war das denn?

Sie erhob sich und schaffte mit ein paar Griffen eine zumindest oberflächliche Ordnung. Sie überlegte. Eigentlich sollte sie Bernd Schaffner von der Selbsthilfegruppe anrufen, um ihm ihre neusten Erkenntnisse mitzuteilen. Sicher würde er darauf warten.

Sie wählte seine Nummer, als es an der Tür klingelte.

„Das ging aber schnell", murmelte sie und legte ihr Smartphone auf das Sideboard, wobei sie dagegen stieß und es hinter das Möbel rutschte.

„Mist", schimpfte sie und wollte es gerade hervorangeln, als das Klingeln intensiver wurde.

„Ja doch", rief sie genervt, ließ das Smartphone liegen und riss die Türe auf.

„Also Frau Schulz, ich dachte nicht, dass sie schon da sind…"

Verblüfft hielt sie inne.

„Was wollt ihr zwei denn hier?", fragte sie, deutete aber nach innen.

„Na, kommt erst einmal herein, ich…"

Sie hatte ihnen den Rücken zugewandt, als sie plötzlich einen bekannten Geruch wahrnahm, den sie aus ihrem Beruf kannte, aber nicht in dieser Intensität.

„Äther", dachte sie noch, als schon ein Stoffbausch auf ihr Gesicht gedrückt wurde und sie langsam zu Boden sank.

„Es kann sich nur um ein paar Minuten gehandelt
haben. Als ich kam, stand die Tür noch offen und ich
habe es gerochen."

Kate tippte sich mit dem Zeigefinger gegen die Nase.

„Äther. Irgendjemand hat sie betäubt und mitgenommen."

Mike stand gemeinsam mit Kollegen der Spurensicherung in dem überschaubaren Wohnzimmer und
schüttelte den Kopf.

„Scheiße", sagte er ungewöhnlich grob.

Dann sah er Kate an.

„Du hattest recht", murmelte er. Er wollte scheinbar
nicht, dass die anderen es hörten.

Plötzlich stand der Leiter der Spurensicherung neben
ihm. Er hielt ein Smartphone in der Hand.

„Hier. Das war hinter das Sideboard gerutscht.
Glücklicherweise nicht gesperrt."

Mike zog Handschuhe an und nahm es in die Hand.
Er scrollte durch die Anrufliste.

„Das hier ist dein Anruf", sagte er und hielt es Kate
entgegen.

„Und danach hat sie noch jemand angerufen, aber
sofort wieder aufgelegt."

„Sicher hat es da geklingelt. Sie hat ihr Smartphone
aus der Hand gelegt und es ist hinter das Sideboard
gerutscht. Daher haben es der oder die Täter nicht
gesehen und sie hatten keine Zeit es zu suchen. Vielleicht hat sie ihnen gesagt, dass ich komme", meinte
Kate, während Mike die Nummer wählte.

„Schaffner. Hallo Elke. Gibt's was neues?", meldete sich eine geradezu fröhliche Stimme.

„Herr Schaffner? Hier ist Hauptkommissar Köhler. Wir müssen reden."

Bernd Schaffner war ein Mann in den Vierzigern mit bereits langsam lichter werdendem Haar.

Er wohnte in der Neundorferstraße, mit direktem Blick in den Vogtlandgarten.

„Ist etwas mit Elke passiert?", fragte er besorgt, als er Mike und Kate an der Tür begrüßte.

Mike wies sich aus und murmelte nur: „Meine Partnerin", was Kate immer erheiterte, weil man es nun mal so oder so auslegen konnte.

„Wie kommen sie darauf, dass Frau Wildner etwas passiert sein könnte?", fragte Mike, als sie dem Mann in das geräumige Wohnzimmer folgten.

Dieser blieb stehen.

„Naja, erst gehen sie an Elkes Telefon und dann die Kripo? Und überhaupt."

Er verstummte und bot seinen Gästen einen Platz an.

„Überhaupt?", fragte Kate nach.

Der Mann seufzte etwas.

„Ich weiß nicht, ob ich darüber sprechen sollte. Vielleicht möchte Elke es nicht."

Kate hatte sich noch nicht gesetzt und ging jetzt auf Bernd Schaffner zu.

„Hören sie zu, Herr Schaffner. Man hat Frau Wildner entführt. Und das, nachdem es dem Täter nicht gelungen war, ihr den Mord im Lutherplatz anzuhängen. Es wäre gut, wenn sie uns sagen, was sie wissen."

Mike stöhnte leise auf, schwieg aber. Jetzt war eh alles gesagt.

Bernd Schaffner erbleichte sichtlich. Dann ließ er sich

in einen Sessel fallen und strich sich über die Stirn.

„Ich habe ihr gleich gesagt, dass das eine Nummer zu groß für sie ist. Aber sie wollte nicht hören."

Geduldig wartete Kate, bis der Mann sich gefasst hatte. Schließlich sah er auf.

„Elke hat eine Selbsthilfegruppe für betroffene Angehörige von Drogenabhängigen gegründet. Ich bin auch Mitglied. Meine Tochter, sie ist auch von Crystal Meth abhängig. Genau wie Elkes Bruder es war, nur er hat sich damit völlig ausgeknockt. Er liegt jetzt in einem Pflegeheim und kennt nicht einmal mehr seinen eigenen Namen."

Er machte eine Handbewegung, als sei das jetzt auch gleichgültig.

„Jedenfalls werden wir ja hier in der Region geradezu von Crystal überschwemmt. Elke ist es gelungen, einige von den Dealern ausfindig zu machen und glaubte darüber an die Hintermänner heranzukommen. Ich habe ihr immer wieder gesagt das das gefährlich ist. Aber sie ja wollte nicht auf mich hören."

Kate wechselte mit Mike einen schnellen Blick.

Der nickte.

Er erinnerte sich an Kates Worte vor ein paar Stunden. *„Kein Profi würde so eine Schweinerei anrichten. Es sei denn, es sollte ein Signal sein, Bandenkrieg, Rivalitäten andere Art, aber nicht, um einen Geheimagenten umzubringen."*

Kate hatte Recht gehabt. Das musste Mike ihr neidlos zugestehen und er musste sich jetzt selbst den Vorwurf machen, nicht schnell genug reagiert zu haben.

Der Mord an der falschen Mandy Lange und die Täterschaft Elke Wildners sollte ein Signal setzen, besonders an die Selbsthilfegruppe.

„Herr Schaffner, wir benötigen alle Namen und Adressen der Mitglieder der Selbsthilfegruppe."

Bernd Schaffner sah Mike an.

„Ich werde die Anderen fragen ob das für sie in Ordnung ist, dass…"

Kate war so nahe an ihn herangetreten, dass er zu ihr aufsehen musste.

„Herr Schaffner. Das war keine Bitte. Die Namen, sofort."

Der Mann zuckte zusammen und erhob sich schweigend.

„Ich drucke sie eben aus", sagte er leise und ging in einen Nebenraum, wo scheinbar Computer und Drucker standen.

Mike grinste etwas.

„Du weißt schon, dass wir das eigentlich nicht dürfen, Miss Undercover FBI Agentin?", sagte er leise, den Blick auf die angelehnte Tür geheftet.

Kate zuckte die Schultern.

„Wie sagte schon Machiavelli? Der Zweck heiligt die Mittel."

In diesem Moment kam der Mann zurück und drückte Mike eine Liste in die Hand.

„Finden sie Elke. Bitte. Sie ist ein so wunderbarer Mensch", sagte er leise und sah Kate an.

Sie nickte.

„Wir geben uns alle Mühe. Und danke nochmals für

ihre Kooperation."

Als er sie zur Tür brachte sagte er: „Ich weiß, ich hätte ihnen die Liste nicht geben müssen. Aber wenn es hilft, Elke zu finden, ist mir jedes Mittel recht."

„Da hat wohl noch jemand Machiavelli gelesen", sagte Kate und grinste Mike an.

Mike fuhr sich durch sein dichtes Haar. Das tat er immer, wenn er übermüdet oder gestresst oder beides war.

Seit zwei Stunden arbeiteten er und sein Team nach und nach telefonisch die Mitglieder der Selbsthilfegruppe ab.

Es waren Eltern, Geschwister, aber auch gute Freunde von Drogenabhängigen, allesamt Konsumenten von Crystal Meth. Es waren insgesamt 15 Personen aus dem gesamten Vogtlandkreis.

Teilweise mussten sie sich wüste Beschimpfungen anhören.

Die Polizei würde nichts gegen die Dealer unternehmen, die Strafen wären zu mild und anderes.

Mike musste immer wieder Kommissarin Jägers ruhige und empathische Art bewundern, die sie gerade in solchen Gesprächen unter Beweis stellte.

„So, jetzt haben wir nur noch diesen Jens Steudel, den Psychiatriepfleger", sagte sie zu Mike, nachdem sie gerade wieder ein sehr unerfreuliches Telefonat beendet hatte.

Dieser nickte.

„Ja und außer diverse Beschimpfungen haben wir nichts, was uns auch nur einen Millimeter weiterhilft. Elke Wildner ist verschwunden, kein Nachbar hat irgendetwas gesehen."

Er nahm den Stapel mit Aktennotizen.

„Um den Psychiatriepfleger kümmere ich mich selbst. Macht Feierabend", sagte er zu den anderen.

Kommissarin Jäger sah ihn an.

„Wirklich?"

Entnervt hob er die Hände.

„Wir können erst einmal nichts tun. Die Fahndung ist raus. Warten wir ab."

Sie nickte und langsam verließ sie mit den anderen die Räumlichkeiten.

Mike brühte sich noch einen Kaffee, als sein Smartphone klingelte.

„Und?"

Er drückte mit einer Hand den Knopf der Kaffeemaschine.

„Nichts. Ich habe die anderen jetzt heimgeschickt. Wir müssen uns ja nicht alle die Nacht um die Ohren schlagen. Ich rufe jetzt noch diesen Jens Steudel an, verspreche mir aber auch nichts davon. Wenn ich heute hier Schluss mache, gehe ich zu mir. Ich will dich nicht stören."

Er hörte Kate am anderen Ende leise lachen.

„Als ob du mich störst. Spinner. Aber du brauchst deine Ruhe. Also seh zu, dass du wenigstens ein paar Stunden Schlaf bekommst."

„Du klingst, als sei ich schon hochbetagt", konterte er.

„Ich sag doch, Spinner. Tschüss."

Er lachte noch, als sie aufgelegt hatte.

Kate tat ihm immer wieder gut und das Beste war, sie hatte Verständnis für seinen Job und alles was dazu gehörte.

Dann nahm er die erste Tasse Kaffee und versenkte sich nochmals in die Gesprächsprotokolle.

Nach einer Stunde stand er auf und dehnte sich.

Alle aus der Gruppe wussten, dass Elke geradezu versessen darauf war, den Dealerring irgendwie zu sprengen und die Hintermänner ausfindig zu machen. Aber sie hatte, vielleicht zum Schutz der Gruppe, wie er nur vermuten konnte, nichts Konkretes erzählt.

Plötzlich stutzte er und nahm ein Protokoll aus dem Stapel.

„Nein, uns hat sie nichts Genaueres erzählt, nur Andeutungen. Wenn, dann hätte sie nur mit Jens darüber gesprochen oder vielleicht mit Timo. Sie waren doch auch außerhalb der Gruppe befreundet."

Mike sah die Namen nochmals durch.

Da, Timo Scherer, 28 Jahre, Besitzer des Fitnessstudios *„Fit and Sun"* im Westend.

Seine Schwester konsumierte seit Jahren Drogen.

Mike überlegte etwas und wollte gerade zum Telefon greifen, als dieses klingelte.

Es war die diensthabende Beamtin, die ihm sagte, eine junge Frau sei da und wolle eine Aussage zum Verschwinden von Elke Wildner machen.

Wie elektrisiert sprang Mike auf.

„Schicken sie sie hoch", sagte er.

Kurz darauf betrat eine dunkelhaarige, etwas stämmige junge Frau sein Büro und sah sich verlegen um.

Mike stellte sich vor und bot ihr einen Platz an.

Sie setzte sich langsam, stellte ihre Tasche neben sich auf den Boden und holte tief Luft.

„Mein Name ist Martina Anders, ich wohne im

Nachbarhaus von Elke. Wir sehen uns ab und an und trinken auch mal einen Kaffee zusammen. Ich hatte heute Spätschicht. Daher komme ich jetzt erst", begann sie und sah Mike verständnisheischend an. Dieser nickte.

„Also. Meine Nachbarin sagte mir, die Polizei habe alle befragt, wer heute Mittag etwas beobachtet hat. Ich weiß ja nicht, ob es von Bedeutung ist, aber ich habe ein Auto gesehen, einen dunklen Kombi, ziemlich groß. Die zwei Männer sind ausgestiegen und in das Haus, in dem Elke wohnt, gegangen."

Mike beugte sich etwas nach vorn.

„Kamen sie auch wieder heraus?"

„Der eine von ihnen. Er hat das Auto um die Ecke gefahren, denn er kam schnell zurück. Ich musste dann los, zur Schicht. Als ich mich angezogen hatte, sah ich, wie ein dunkler BMW vor der Haustür hielt und eine Frau ausstieg. Mittleres Alter, dunkelblonde, halblange Haare, schlank. Aber ich bin dann los."

Mike lächelte.

„Diese Frau war eine…ähm, meine Partnerin, also das ist bekannt. Kommen wir noch einmal zu den beiden Männern und dem Kombi. Können sie das Auto beschreiben?"

Sie zuckte die Schultern.

„Jedenfalls, wie ich schon sagte, ein Kombi. Dunkelgrün oder dunkelblau, ziemlich neu, bestimmt nicht gerade billig. Kennzeichen?"

Sie zog konzentriert die Stirn in Falten.

„Da weiß ich nur, es war ein Plauener Kennzeichen."

Mike nickte.

„Sie machen das ganz toll", sagte er und meinte es auch so. Jemand, der Kate so treffend beschrieb, würde auch die Männer gut beschreiben können.

„Und nun zu den Männern."

Frau Anders runzelte wieder leicht die Stirn und konzentrierte sich.

„Der eine, das war der Fahrer des Autos, der war groß, eher muskulös. Dunkelhaarig. Vom Alter, denke ich, Mitte bis Ende zwanzig. Der Kleine, der hätte auch eine Frau sein können."

Mike sah sie aufmerksam an.

„Vielleicht war es eine?", fragte er vorsichtig nach.

Frau Anders lachte etwas.

„Nein. Erstens kann ich schon Mann von Frau unterscheiden, ich arbeite jeden Tag mit Menschen und dann habe ich den jungen Mann ja schon bei Elke gesehen."

Mike hielt die Luft an.

„Den Kleineren?", fragte er sicherheitshalber nach und beobachtete sein Gegenüber genau.

Nein, Frau Anders erschien ihm nicht wie jemand, der sich wichtigmachen wollte. Sie gehörte scheinbar einfach zu den Menschen, die eine ausgezeichnete Beobachtungsgabe hatten.

„Ja", bestätigte sie. „Ich glaube, er ist ein Kollege von ihr."

Schlagartig war ein Bild vor Mikes Augen entstanden.

„Sie würden ihn also wiedererkennen?"

Die junge Frau nickte.

„Auf alle Fälle."

„Gut", sagte Mike. „Würden sie morgen noch einmal kommen, damit wir alles zu Protokoll nehmen können?"

Sie nickte.

„Natürlich. Ich habe morgen frei. Darf ich erst einmal ausschlafen?"

Mike lachte.

„Aber natürlich. Kommen sie einfach gegen Mittag, ist das in Ordnung?"

Dann begleitete er sie zum Ausgang. Als sie an der Tür waren, drehte sich Frau Anders plötzlich noch einmal um.

„Der größere von den beiden, der mit dem Kombi. Ich habe ihn schon einmal gesehen. Aber ich weiß einfach nicht, wo ich ihn hinpacken soll."

Scheinbar ärgerlich über sich selbst schüttelte sie den Kopf.

„Vielleicht fällt es ihnen noch ein. Zögern sie dann nicht anzurufen. Ganz gleich zu welcher Uhrzeit.", sagte Mike und reichte ihr seine Visitenkarte.

Er blieb noch an der Tür stehen, bis sie in ihr Auto eingestiegen und abgefahren war.

Als er wieder in seinem Büro war, nahm er sich noch einmal die Protokolle vor und las sie jetzt unter einem ganz anderen Gesichtspunkt.

Wenn der kleiner Mann Elkes Kollege Jens Steudel gewesen war, und davon ging er jetzt aus, welche Rolle spielte er?

Der Gedanke, den er schon vor dem Besuch von Martina Anders hatte, formte sich wieder in seinem Kopf.

Er nahm sein Telefon und rief Steven Neubauer an, den IT- Experten von Schulz Security. Er war um diese Zeit noch in Hochform und nahm auch prompt ab.

Anders als das hinlängliche Bild vom typischen Computernerd war Steven ein sehr gesundheitsbewusster junger Mann, der viel Sport trieb und sich vegetarisch ernährte.

„Mike hier. Steven, sag mal, du hast doch vorigen Winter im Fitnessstudio trainiert? Erinnere ich mich da richtig?"

Er hörte ein leises Lachen.

„Und das interessiert dich jetzt, um kurz vor ein Uhr nachts?"

„Es hat etwas mit unserem Fall zu tun."

„Ah, die Tote vom Lutherplatz? Tretet ihr immer noch auf der Stelle? Diese Elke Wildner ist ja wohl raus aus der Sache?"

Mike rollte genervt die Augen nach oben. Natürlich war Steven wieder umfassend informiert.

„Leider nicht. Elke Wildner wurde entführt. Vor ein paar Stunden aus ihrer eigenen Wohnung."

„Scheiße", entfuhr es Steven. „Was brauchst du?"
Sofort war er wieder so hochkonzentriert, wie Mike
ihn kannte und auch schätzte, seit er bei Kates Entführung auch Tag und Nacht an seiner Seite mitgear-
beitet hatte.

„Es geht mir um das Fitnessstudio. Heißt der Besitzer
Timo Scherer?"

„Jap.", antwortete Steven.

„Kannst du mir auf die Schnelle sagen, was er für ein
Auto fährt? Es muss nicht unbedingt auf ihn zugelas-
sen sein. Wir suchen einen dunklen Kombi, relativ
neuwertig und hochpreisig. Und noch etwas. Hat
eine Mandy Lange bei ihm trainiert?"

„Gib mir ein paar Minuten", sagte Steven und legte
auf.

Mike wusste, dass Steven Neubauer Möglichkeiten
hatte und nutzte, von denen er und sein Team nur
träumen konnten. Ehe sie all die Genehmigungen
zum Nutzen diverser Möglichkeiten hatten, waren
die Täter oft schon über alle Berge.

Es dauerte keine fünf Minuten als Steven wieder
anrief.

„Ein Mercedes-Benz C 200, dunkeloliv. Vergangenes
Jahr in Erstzulassung. Kennzeichen PL-AW 89, läuft
auf seine Freundin Angelique Weide. Die dürfte sich
allerdings mit ihrem Halbtagsjob in einem Nagelstu-
dio nicht so ein Auto leisten können. Mandy Lange
hatte ein Halbjahresabo und hat es auch gut genutzt,
manchmal sogar zwei Mal täglich. Brauchst du noch
etwas?"

Mike war aufgestanden.

„Nein, momentan nicht. Wärst du böse, wenn ich dich heute Nacht eventuell noch einmal herausklingle?"

„Ich bin wach. Also kein Problem."

Mike rief seine Kollegen zusammen, auch wenn er sie erst zwei Stunden vorher nach Hause geschickt hatte. Dann setzte er sich ins Auto und fuhr los.

„Herr Hauptkommissar Köhler, na das ist ja eine Überraschung."

Pfleger Jens Steudel lächelte ihn heute ebenso freundlich an wie er es Freitagnacht getan hatte.

Mike lächelte zurück.

„Das glaube ich, das sie erstaunt sind mich zu sehen, Herr Steudel."

Er betrat die Station und deutete auf das Dienstzimmer. Dort hatte er ebenfalls ein bekanntes Gesicht entdeckte. Doktor Feigler war scheinbar auch wieder im Dienst.

Dieser hob den Kopf und schaute etwas verdutzt.

Dann erhob er sich und kam Mike entgegen.

„Herr Hauptkommissar? Gibt es eine neue Entwicklung?"

Mike nickte und deutete dem Pfleger, der sich zurückziehen wollte, ebenfalls in das Dienstzimmer zu treten.

„Bleiben sie hier. Es geht ja schließlich um ihre Kollegin Elke Wildner."

Der Pfleger runzelte die Stirn.

„Verdächtigen sie sie denn wieder?", fragte er.

Mike lehnte sich an den Türstock und kreuzte die Arme über der Brust.

„Wieso wieder?"

Der Pfleger zwinkerte kurz nervös, dann lächelte er.

„Ich habe gehört, dass Elke wieder in ihre Wohnung zurückgekehrt ist. Das bedeutet doch, das sie nicht mehr verdächtig ist. Oder?"

„Woher wissen sie das alles? Von ihrem Freund Timo

Scherer?"

Das Lächeln verschwand abrupt im Gesicht von Jens Steudel.

Doktor Feigler sah zwischen dem Pfleger und dem Hauptkommissar hin und her.

„Was bedeutet das alles?", fragte er schließlich.

Mike stieß sich am Türstock ab und ging auf den Pfleger zu, der instinktiv zurückwich.

„Dieser junge Mann hier, Herr Doktor, war heute." Er sah auf die Uhr im Stationszimmer. „Oder vielmehr gestern, zusammen mit diesem Timo Scherer, bei Schwester Elke. Dafür habe ich eine wasserdichte Zeugenaussage."

Er machte eine kurze Pause und sah wie der Pfleger nervös schluckte.

„Er hat Angst", dachte Mike. „Aber nicht vor mir." Dann ging er noch näher auf Pfleger Jens zu, eine Tatsache, die bei dem Psychiater ein missbilligendes Schnauben auslösten.

„Sie haben gemeinsam mit Timo Scherer Elke Wildner entführt. Lebt sie noch?"

Der Arzt starrte ihn an.

„Was? Was sagen sie da?"

Dann fuhr er zu Jens herum. Der hatte jetzt sichtbar Schweißperlen auf der Stirn.

„Jens. Sagen sie etwas."

Der schüttelte nur wie wild den Kopf.

„Das ist nicht wahr. Sie lügen. So ist die Polizei. Wenn sie niemand dingfest machen kann, beschuldigt sie einfach irgendjemanden. Ganz gleich wen."

119

Der Psychiater sah ihn stirnrunzelnd an.

„Was reden sie denn da für einen Unsinn, Jens? Waren sie heute bei Schwester Elke? Wenn ja, hatte das vielleicht einen ganz einfachen Grund. Also?"

Mike stellte etwas Abstand her. Er spürte, wie der Pfleger immer panischer zu werden schien.

Mit zwei Männern in diesem kleinen Raum, die ihn scheinbar physisch bedrängten, das konnte schnell zu einer Überreaktion führen.

Jens Steudels Augen fuhren hin und her und plötzlich rannte er an Mike vorbei aus dem Dienstzimmer in den nur schwach beleuchteten Flur.

Noch ehe Mike ihm nachlaufen konnte, hob der Arzt die Hand und drückte auf einen Knopf.

Ein leises, zischendes Geräusch ertönte.

„Die Ausgangstür", sagte er erklärend und drückte noch weitere Knöpfe. „Jetzt ist alles verschlossen, Fenster und Türen. Es besteht also keine Gefahr."

„Danke", sagte Mike, beobachtete aber trotzdem den Flur.

„Diese Zeugenaussage. Ist sie wirklich glaubhaft?", fragte der Arzt, schüttelte aber gleichzeitig den Kopf.

„Ich rede Unsinn. Seine Reaktion sagte eigentlich alles. Aber was hat Jens mit einer Entführung zu tun?"

Mike zuckte leicht die Schultern.

„Wahrscheinlich ist er in irgendeine Sache hinein geraten aus der er jetzt nicht mehr herauskommt. Seine Angst richtet sich nicht gegen mich, sondern gegen den, der hinter dieser Sache steht."

Der Psychiater nahm wieder Platz und bot auch Mike einen Stuhl an.

„Wir sollten ihn nicht bedrängen."

Mike war nicht wohl dabei, aber scheinbar hatte der Arzt richtig kalkuliert.

Nach nur einer Minute kam Jens Steudel langsam zurück und betrat wieder das Dienstzimmer.

„Elke geht es gut", sagte er leise und starrte dabei auf den Boden.

„Wo ist sie?", fragte Mike und wollte aufstehen, aber der Psychiater deutete ihm, sitzen zu bleiben.

„Sie ist bei mir und schläft. Wir haben ihr ein Schlafmittel gegeben. Vor Mittag wird sie nicht aufwachen."

„Und dann? Was hatten sie dann mit ihr vor? Ihr auch die Kehle durchschneiden, wie der Frau im Lutherplatz?"

Jens riss die Augen auf.

„Nein, natürlich nicht. Nein."

Aber irgendwie klang es nicht überzeugend.

„Jens", begann der Psychiater und Mike hätte ihm am liebsten den Mund verboten, schwieg aber.

„Das ist doch schon ein Anfang. Und jetzt sagen sie uns noch den Rest. Ganz gleich wen sie hier schützen wollen, er ist es nicht wert."

Während der Pfleger nachdachte, rief Mike im Revier an und veranlasste, dass man zu Wohnung von Jens Steudel fuhr, am besten gleich in Begleitung eines Notarztes.

„Elke Wildner war unter Drogen gesetzt worden und jetzt wieder unter starke Schlafmittel. Wir wissen nicht, wie kritisch ihr Zustand ist. Vielleicht ist sie in akuter Lebensgefahr", sagte Mike am Telefon, laut genug, das auch der Pfleger es hören konnte.

Dann erhielt er eine Nachricht auf sein Smartphone, runzelte leicht die Stirn und beugte sich nach vorn und sah Jens Steudel intensiv an.

„So, Herr Steudel, jetzt sage ich ihnen, was los ist. Ihr Freund Timo dealt mit Drogen. Das seine Schwester selbst drogenabhängig ist, hat ihn einen Scheiß interessiert. Er hat sich nur in der Selbsthilfegruppe aufgehalten, um herauszubekommen, wie viel Elke weiß und was sie unternimmt. Womit hat er denn sie erpresst, Herr Steudel, dass sie ihm so bereitwillig geholfen haben?"

Der Pfleger senkte den Kopf.

Als Mike Luft holte, um noch etwas zu sagen, schüttelte der Psychiater den Kopf.

Mikes Geduld war fast am Ende. Jetzt mischte sich noch ein Arzt in seine Vernehmung ein.

Dabei hatte er schon mit Omar genug, der auch ein Faible dafür hatte, Ermittlungen an sich zu reißen.

Aber schließlich schien die Taktik, keinen zusätzlichen Druck auf den jungen Mann auszuüben, aufzugehen.

Dieser ließ sich auf einen Stuhl fallen und sah zwischen Mike und dem Arzt hin und her.

„Ich habe Medikamente, die ich hier mitgehen ließ, verkauft. Das war Dummheit, ich weiß. Aber ich hatte Schulden. Bei Timo Scherer. Eigentlich nicht ich", murmelte er leise.

„Ihre Schwester?", fragte Doktor Feigler nach.

Der Pfleger nickte.

„Ja. Sie konnte schließlich ihre Sucht nicht mehr finanzieren und wehrte sich gegen eine Therapie. Ich habe sie angefleht und sie hat es mir immer und immer wieder versprochen…" Er schüttelte den Kopf.

„Wieviel?", fragte Mike.

„Am Ende waren es über dreißigtausend Euro. Ich habe meine ganzen Ersparnisse geopfert. Aber es reichte nicht. Da sagte mir Timo, welche Medikamente er braucht und ich habe sie ihm verschafft."

Jens wagte es nicht den Arzt anzusehen. Er fixierte jetzt nur noch Mike.

„Und Schwester Elke?", fuhr jetzt der Arzt dazwischen.

„Sie weiß nichts. Aber ich denke, sie ahnt etwas."

Dann sah er wieder Mike an.

„Ich habe nichts von der Sache im Lutherplatz gewusst, das müssen sie mir glauben. Timo ist am Samstagabend zu Elke und hat ihr k.o. Tropfen in ein Glas Mineralwasser, als er bei ihr war. Er hatte zu ihr gesagt, er wolle mit ihr über seine Schwester sprechen. Da hat sie ihn reingelassen."

„Und dann hat er sie unter Drogen gesetzt?"

Jens nickte.

„Weiter", forderte Mike ihn auf.

„Er ist dann mit ihr zum Lutherplatz gefahren, dort hatte er sich mit Mandy verabredet."

„Mit Mandy Lange?", fragte Mike erstaunt. „Sie kannten sich näher?"

„Ja. Das hat mich auch so gewundert. Timo hat ja eine Freundin und Mandy war nicht so sein Typ und außerdem viel zu alt."

Er zuckte mit den Schultern. „Aber sie hatte echtes Interesse an ihm. Vielleicht hat das seinem Ego geschmeichelt."

Mike dachte sich seinen Teil. Sie hatte wohl weniger Interesse an ihm als an der Selbsthilfegruppe, in der er Mitglied war.

Sie wollte wahrscheinlich, ähnlich wie Elke, an die Drogendealer heran. Und das hatte Timo wohl herausbekommen.

Die Frau hatte einen entscheidenden Fehler gemacht, den sie schließlich mit ihrem Leben bezahlte.

Sie hatte den scheinbar harmlosen Besitzer einer Muckibude unterschätzt.

Er winkte dem Arzt nach draußen und schloss die Tür des Dienstzimmers.

„Können sie einen Ersatz für ihr organisieren? Ich muss ihn mitnehmen."

Doktor Feigler nickte.

„Kein Problem. Aber es ist ein Drama. Ein so netter und kompetenter junger Mann."

„Ja. Er war an der Sache beteiligt, wenn zwar nicht unmittelbar, so hatte er doch davon Kenntnis. Dann kommt noch die Entführung von Elke Wildner dazu."

Sein Smartphone klingelte und der Arzt trat diskret

zur Seite, um seinerseits zu telefonieren.

Mike hörte eine Weile zu, dann sagte er: „Na, Gott sei Dank. Und jetzt nehmt ihr diesen Timo Scherer hoch. Ich kümmere mich um einen Durchsuchungsbeschluss für seine Wohnung und das Fitnessstudio. Bis dann."

Er sah den Arzt an, der ebenfalls sein Gespräch beendet hatte.

„Schwester Katja von der Nachbarstation kümmert sich um Ersatz."

Mike nickte.

„Im Übrigen geht es Schwester Elke den Umständen entsprechend gut. Sie ist auf den Weg hier her in die Klinik."

Der Arzt reichte ihm die Hand.

„Ich gehe runter in die Notaufnahme und nehme sie in Empfang."

Als er schon an der Tür war, sagte Mike: „Danke, Doktor, sie haben mir sehr geholfen."

Der Arzt hob die Hand und ging.

Timo Scherer wirkte völlig entspannt, als er Mike gegenübersaß. Die Beamten hatten ihn zu Hause faktisch im Bett festgenommen und ins Präsidium gebracht.

Jetzt trank er langsam und konzentriert von seinem Mineralwasser, dass man ihm auf sein Verlange hingebracht hatte.

Mike nahm ihm gegenüber Platz und sah ihn eine Weile schweigend an.

„Elke Wildner geht es den Umständen entsprechend gut. Ich habe gerade mit dem behandelnden Arzt gesprochen", sagte er schließlich.

Sein Gegenüber stellt betont langsam das Glas auf den Tisch und sah Mike an.

„Das freut mich. Auch wenn ich nicht weiß, was ich mit dieser Info soll. Ist Elke krank? Hatte sie einen Unfall?"

Mike lächelte.

„Nun, Herr Scherer, wir haben einen Zeugen, der sie zweifelsfrei identifiziert hat, wie sie gemeinsam mit Jens Steudel gestern Nachmittag bei Frau Wildner in der Wohnung waren."

Das stimmte nicht ganz.

Martina Anders hatte beide nur ins Haus gehen sehen. Aber diese kleine Ergänzung war wohl legitim, zumal Frau Anders so nett gewesen war, trotz der späten oder frühen Stunde, das konnte man jetzt so oder so sehen, nochmals in Präsidium zu kommen und sowohl Timo Scherer als auch Jens Steudel zweifelsfrei identifiziert hatte.

Timo Scherer breitete die Arme aus.

„Kann ich Elke nicht besuchen? Sie ist die Leiterin unserer Selbsthilfegruppe und wir haben auch darüber hinaus miteinander Kontakt. Wollen sie mir nicht endlich sagen was mit Elke los ist?"

Er zog die Brauen zusammen und setzte eine besorgte Miene auf.

„Ist ihr irgendetwas passiert?"

Mike stand auf und ging um den Tisch herum.

Kurz vor ihm blieb er stehen.

„Ihre Schauspielkunst wird ihnen nichts helfen, Herr Scherer. Ihr Freund Jens Steudel hat bereits alles gestanden. Den Medikamentendiebstahl, die Erpressung und wie sie Elke Wildner missbraucht haben, um ihr den Mord an Mandy Lange unterzuschieben."

Scherer sprang auf. Er war genau so groß wie Mike, aber deutlich athletischer gebaut und man sah ihm die Nutzung von Anabolika durchweg an.

Die Tür ging auf und ein uniformierter Beamter betrat den Raum.

„Alles in Ordnung?", fragte er Mike, behielt aber Steudel genau im Blick.

„Danke. Ich denke, wir haben die Sache sehr gut im Griff. Nicht wahr, Herr Steudel?"

Mike musterte sein Gegenüber, bis dieser nickte und sich wieder setzte.

Nach einem kurzen Nicken zu dem Polizisten hin schloss dieser die Tür.

Mike ging zurück zu seinem Platz und setzte sich ebenfalls.

„Gut. Um noch einmal auf den Sachverhalt zurück-
zukommen, Herr Steudel. Wir haben genügend Beweise, um sie sowohl wegen dem Mord an Mandy
Lange als auch wegen der versuchten Körperverlet-
zung und Entführung von Elke Wildner anklagen zu
können. Der Staatsanwalt hat bereits einen Haftbefehl unterzeichnet. Außerdem besteht bei ihnen akute
Fluchtgefahr. Alles, was ihr Strafmaß noch etwas
beeinflussen könnte, wäre die Kooperationsbereit-
schaft ihrerseits."

Steudel lehnte sich zurück und grinste Mike an.

„Leck mich am Arsch, Bulle", sagte er nur und
spuckte auf den Fußboden.

Achselzuckend erhob sich Mike und ging zur Tür.

Kommissaranwärter Frieder Lein kam Mike auf dem Flur entgegen. Seine glänzenden Augen sagten diesem, dass er eine aufregende Neuigkeit zu verkünden hatte. Direkt vor Mike stoppte er.

„Herr Hauptkommissar, ich wollte gerade zu ihnen. Wir haben Mandy Lange gefunden. Also die wirkliche Mandy Lange."

Mike deutete auf sein Büro.

„Gehen wir erst mal rein", sagte er und winkte Frieder, ihm zu folgen.

Dieser nahm dem ihn angebotenen Platz nicht an, sondern blieb vor Mikes Schreibtisch stehen, hin dem sich dieser niedergelassen hatte.

„So. Und wo ist Mandy Lange?"

Der Kommissaranwärter lächelte ihn an.

„In Indien. Ich habe in diesem Pflegeheim, wo die Mutter der beiden Geschwister lebt, nach der Telefonnummer des Bruders von Mandy Lange gefragt und hatte ihn eben in der Leitung. Seine Schwester hat Indien seit Jahren nicht verlassen. Sie lebt in so einer Hippiekolonie mit irgendeinem Guru. Jedenfalls ist sie gesund und munter."

Mike nickte anerkennend.

„Gut gemacht", sagte er.

„Sicher war ihre Identität einfach entliehen worden, weil sie eine gewisse Ähnlichkeit mit der vermeintlichen Agentin hatte", fuhr Frieder fort.

Dem konnte sich Mike nur anschließen. Aber das war nicht mehr seine Sache.

Diesen Fall würde jetzt das LKA übernehmen.

Er selbst und auch Kate waren sich sicher, dass die Frau vom Lutherplatz eine osteuropäische Beamtin war, die im Drogenmilieu undercover ermittelt hatte. Nun würde das LKA Kontakt zu den einzelnen Behörden aufnehmen müssen, um ihre Identität zu klären.

Ihn interessierte nur, wie er Timo Scherer die Taten lückenlos nachweisen konnte.

In diesem Moment klopfte es und Kommissarin Jäger trat ein.

Ihr Gesichtsausdruck konnte nur mit dem Termini *zufrieden* beschrieben werden.

„Die Drogenfahndung springt vor Begeisterung gerade im Dreieck. Im Fitnessstudio von Timo Scherer war Crystal Meth gelagert von, ich bin vorsichtig, mindestens Fünfhunderttausend Euro."

Mike stieß einen leisen Pfiff aus.

„Das hat sich gelohnt."

Die Kommissarin nickte.

„Es war zwar sehr gut versteckt in einem doppelten Boden. Aber wir hatten Snoopy dabei, dem entgeht bekanntlich nichts."

Snoopy war der erfahrenste Drogenhund, der derzeit im Einsatz war und daher schon fast eine Legende.

Mike erhob sich.

„Also ist Timo Scherer der dicke Fisch, der hinter allem steht. Er hat zweifellos geahnt, dass Mandy Lange eine falsche Identität hatte und ihm ganz dicht auf den Fersen war. Und da auch Elke ihm langsam lästig wurde, hat er zwei Fliegen mit einer Klappe geschlagen."

Marianne Jäger und Frieder Lein nickten synchron.

„Wisst ihr was?", sagte Mike. „Das war eine wirklich tolle Arbeit, die ihr da geleistet habt. Ich denke, der ganze Schreibkram hat wirklich bis heute Nachmittag Zeit. Wir gehen jetzt alle nach Hause und schlafen uns einmal richtig aus."

Die Hitze, die Plauen völlig lahmgelegt hatte, war nach einem heftigen Gewitter einer angenehmen Temperatur gewichen.

Alle schienen aufzuatmen.

Kate hatte lächelnd Jasmins begeistertem telefonischen Update zu ihren Hochzeitsvorbereitungen gelauscht, während sie auf der Terrasse saß. Die Füße hatte sie dabei bequem auf die Brüstung gelegt und ein Glas kalten Eistee in der Hand.

Kaum hatte sie aufgelegt, klingelte ihr iPhone erneut.

Kopfschüttelnd sah sie auf die angezeigte Nummer.

Omar.

Wollte er ihr jetzt seinerseits auch ein Update geben?

Schulterzuckend nahm sie das Gespräch an.

Immerhin war es ein großes Ereignis, was die beiden planten und als potenzielle Trauzeugen waren sie und Mike nun mal quasi in der Mitverantwortung.

„Also, Augen zu und durch", murmelte sie vor sich hin und nahm das Gespräch an.

„Hallo Omar", sagte sie und nahm einen Schluck von ihrem Eistee, um gerüstet zu sein.

„Hallo", ertönte es aus dem Lautsprecher und Kate hörte, dass er durch die Freisprechanlage seines Autos telefonierte.

„Mike sagte mir gerade, dass du zu Hause bist?"

Kate gab sich Mühe, nicht aufzustöhnen.

Sie hatte sich diesen Abend etwas anders vorgestellt, nämlich allein auf der Terrasse zu sitzen, vielleicht dann noch ein Buch zu lesen oder einfach nur die Gedanken schweifen zu lassen.

Nach den vergangenen hektischen Wochen war sie froh über diese Zeit allein.

Mike hatte an diesem Abend noch zu arbeiten.

Timo Scherer war schließlich doch noch geständig gewesen, nachdem man diese exorbitante Menge an Crystal Meth in seinem Fitnessstudio gefunden hatte. Er hatte die angebliche Mandy Lange zu einem Date an den Lutherplatz bestellt, die von der Gefährlichkeit Timos bis dahin wirklich nichts geahnt haben musste. Sonst wäre sie sicher nicht unbewaffnet dorthin gekommen. Er hatte sie noch auf der Straße niedergeschlagen, in den Park getragen und ihr dort schließlich die Kehle durchgeschnitten.

Elke Wildner, die völlig mit K.o.- Tropfen und Drogen zugedröhnt war, hatte er schließlich so präpariert, dass der Verdacht auf sie fallen würde.

Dass sie jedoch von sich aus mit der Polizei sprechen wollte, machte ihn nervös. Es war zu befürchten, dass sie sich an seinen Besuch bei ihr erinnern konnte.

Als Jens Steudel ihn anrief, um ihm mitzuteilen, dass er Elke überredet hatte, die Klinik zu verlassen, holte er sie persönlich ab.

Dabei stellte er fest, dass diese sich wirklich nicht erinnerte.

Erst als plötzlich die Polizei nicht mehr gegen sie ermittelte und sie wieder anfing, nach den vermeintlichen Dealern zu suchen, schritt er erneut zur Tat.

Elke Wildner musste verschwinden. Es war Jens Steudel zu verdanken, dass er sie nicht sofort umbrachte.

Dieser flehte ihn an, sie erst einmal unter Medikamente zu setzen und dann nach einer Lösung zu suchen.

Es gab jetzt, am Ende dieses wirklich verworrenen Falles, noch eine Menge Schreibarbeit für Mike.

So war Kate heute allein und hatte eigentlich keine Lust auf Besuch. Aber sie musste an ihre Quasi-Großmutter, Clara Voigt, denken.

Was hatte diese immer zu ihr als Kind gesagt, wenn sie jammerte, zu etwas keine Lust zu haben?

„Es geht auch ohne Lust, junge Dame!"

Mit einem Lächeln atmete Kate tief ein.

Seltsam, genau dieser Satz hatte ihr Leben geprägt.

„Ja, klar bin ich zu Hause. Bist du der Nähe?", fragte sie deshalb.

„Kannst du an die Tür kommen? Ich bin in eine paar Minute da und habe dir jemand mitgebracht."

Ohne das sie nachfragen konnte, legte er auf.

Mit einem Achselzucken erhob sich Kate und atmete tief die angenehm klare Luft ein.

Also doch eine größere Sache. Nun ja, das half jetzt nichts. Vielleicht brachte Omar einen Verwandten mit oder sonst jemand aus seinem großen Bekanntenkreis oder er plante eine Überraschung für Jasmin.

Sie fuhr sich schnell noch einmal mit beiden Händen durch ihr Haar und ging nach vorn zur Eingangstür.

Als sie auf den Podest trat, sah sie gerade Omars Wagen.

Er bremste ab, fuhr aber an ihrem Haus etwas vorbei.

Stirnrunzelnd sah sie ihm nach. Was sollte denn das?

Meist hielt er genau vor der Gartentür oder fuhr, wenn Mikes Auto nicht dort stand, in die Auffahrt, direkt vor ihre Garage.

Seine Wagentür öffnete sich nicht, dafür die Beifahrertür.

Kate sah, dass eine Frau ausstieg. Diese sagte noch etwas zu Omar, schloss dann die Beifahrertür und das Auto fuhr ab.

Fassungslos sah Kate ihm nach. Was hatte denn das zu bedeuten?

Sie richtete ihre Aufmerksamkeit erst jetzt auf die Frau, die nahe an der Hecke entlang auf das Haus zuging, sodass Kate sie kaum sehen konnte.

Erst als sie direkt vor dem Gartentor stand und ihren Kopf hob, um Kate anzuschauen, starrte diese der Frau fassungslos ins Gesicht.

Sie fühlte, wie ihre Beine weg zu knicken drohten und sie musste sich an dem kleinen Handlauf neben der Tür festhalte.

Die Frau öffnete jetzt langsam, geradezu zögerlich, die Gartentür und lächelte, ohne auch nur eine Sekunde Kate aus den Augen zu lassen.

Es war ein warmherziges Lächeln, ein Lächeln, das ihr ganzes Gesicht strahlen ließ.

Kate atmete so tief ein das es in der Lunge schmerzte und sagte nur ganz leise: „Mama?"

Dann gaben ihre Beine nach und sie setzte sich auf die erste Treppe, um nicht der Frau direkt vor die Füße zu fallen.

Natürlich war es nicht ihre Mutter.

Das wurde Kate nach dem ersten Schockmoment auch klar, als die Frau jetzt neben ihr stand und sich mit sorgenvoller Miene zu ihr hinunter beugte.

Nur war diese Ähnlichkeit so frappierend.

Obwohl, jetzt aus der Nähe sah Kate, dass die Frau etwas kräftiger als ihre Mutter war.

Auch das blonde Haar wies schon einige breite, graue Strähnen auf.

Und dieses warmherzige, strahlende Lächeln.

Solange Kate zurückdenken konnte, hatte sie ihre Mutter nie so lächeln sehen.

„Katherina? Habe ich dich so erschreckt?"

Die Stimme, es war die gleiche Tonlage wie ihre Mutter, nur klang auch die Wärme des Lächelns in der Stimme fort.

Kate räusperte sich und stand langsam auf.

„Ja, nun ja, ich dachte…", stammelte sie und schüttelte dann den Kopf.

Die Frau hatte ihre Tasche abgestellt und nahm Kates Hand zwischen die ihren.

„Ist die Ähnlichkeit so groß?", fragte sie leise und Kate nickte erst, dann schüttelte dann wieder langsam den Kopf.

„Ja und auch nein. Sie sind, du bist…"

Die Frau zog sie einfach in ihre Arme.

Kate roch ein schweres, orientalisch anmutendes Parfüm.

„Ich bin deine Tante Sarah, die Zwillingsschwester deiner Mama."

Nachwort:

Die von mir geschilderten Geschichten, Einrichtungen und Menschen sind fiktiv.
Es gibt in Plauen natürlich ein Krankenhaus, inklusive Notaufnahme.
Die dort arbeitenden Personen aus meinem Buch sind jedoch ebenso fiktiv.
Einige Details zur Arbeit in einer Notaufnahme und zum Verhalten bei dem geschilderten Notfall verdanke ich meiner lieben Kollegin Gabi Riedel.
Alle Unkorrektheiten gehen natürlich einzig und allein auf mein Konto!
Real ist die Plauener Kaffeerösterei und ihren Besitzer Daniel, der so freundlich war mir zu gestatten, Teile meiner Geschichten in seinen Räumen, damals noch im Wilkehaus (Bahnhofstraße), anzusiedeln.
(Jetzt befindet sich die Kaffeerösterei im Übrigen in der Neundorferstraße...)
Auch andere Cafés, wie zum Beispiel das öfter in meinen Büchern erwähnte Kaffeehaus Müller, existieren in Plauen.

Zur Autorin:

Annette G. Krupka wurde in Plauen geboren.
Sie besuchte hier die Schule, lernte Krankenschwester, studierte später Pflegemanagement, erwarb einen Masterabschluss und ist als freiberufliche Unternehmensberaterin tätig.
Heute lebt sie in einer Thüringer Kleinstadt und hat ein Fachbuch zum Thema Pflege veröffentlicht.
„Filmriss" ist der fünfte Teil um die ehemalige FBI-Agentin Kate Schulz.
Bisher erschienen „Lebensborn", „Golem", „Entführt" und „Methusalem".
Weitere Folgen sind geplant.

Nach England und Schottland entführt die Reihe um Jane MacKenzie und Detective Inspektor Peter Brown. Hier ist bereits „Der Hyde Park Mörder" erschienen.
Demnächst erscheint der zweite Teil „Die Rache der Kali."
Auch hier wird es weitere Folgen geben.

Liebe Leser, danke, dass Sie Kate Schulz bis zum Ende des fünften Falles gefolgt sind.
Sind Sie neugierig, wie es weiter geht mit Kate Schulz???
Bald ist es soweit:

Kate Schulz 6- Virus-

Ein globaler Virus legt faktisch das gesamte öffentliche Leben lahm, auch Plauen ist davon betroffen.
Das Büro von Schulz Security – verweist.
Da verschwinden nach und nach drei junge Mädchen.
Die Polizei glaubt noch an Ausreißerinnen, die dem Isolationszwang kurzzeitig entgehen wollten.
Verzweifelte Eltern wenden sich an Kate Schulz, die, Kontaktverbote hin oder her, zu ermitteln beginnt.
Als eines der jungen Mädchen tot in einer Plauener Industriebrache gefunden wird, ist die Polizei aufgeschreckt.
War es ein Unfall oder Mord?
Wo sind die beiden anderen Mädchen?
Was verbindet diese drei Mädchen, die sich vorher nicht zu kennen schienen?
Während fieberhaft ermittelt wird, macht Steven Neubauer, der IT- Spezialist von Schulz Security, eine verstörende Entdeckung.

Leseprobe zu VIRUS

„Echt? Ihr habt Schiss?"

Marvin leuchtete seinen beiden Kumpels Nicolas und Bastian mit seinem iPhone ins Gesicht.

Nicolas hob beide Hände.

„Hör auf mit dem Scheiß", knurrte dieser und setzte sich auf die festgebundene Schaukel. Marvin steckte sein iPhone wieder in die Tasche seines Hoodies und sah die beiden auffordernd an.

„Mensch, das ist doch öde. Wenn uns die Bullen erwischen sind wir so und so am Arsch. Ob wir hier sind oder dort. Aber dort haben wir wenigstens bisschen Action."

Die drei hatten sich, trotz dem bestehenden Verbot, auf dem kleinen Spielplatz getroffen, der auch sonst ihr Treffpunkt war. Aber jetzt war eben alles anders. Sie müssten eigentlich zu Hause sein. Es herrschte Kontaktverbot, schon gar auf Spielplätzen die sichtbar abgesperrt waren.

Marvin hatte vorgeschlagen in eine Industrieruine zu gehen, Lost Places, wie man er es großspurig nannte und dort ein wenig herumzustöbern und vielleicht einen Clip zu drehen.

„Wir laden ihn dann bei YouTube hoch", hatte er vorgeschlagen.

„Toll." Bastian hatte sich mit der Faust vor die Stirn geschlagen. „Jeder sieht uns dann und mein Alter vielleicht auch. Da ist Stress echt vorprogrammiert."

Bastian Keilwerts Vater war Polizeibeamter und we-

140

nig begeistert über die Tatsache, dass sein vierzehn-
jähriger Junior ständig über die Stränge schlug.

Auch Nicolas, der sonst von Marvins Ideen immer
beeindruckt war, zeigte dieses Mal kein großes Interesse.

„Gut", sagte Marvin schließlich und klatschte in die
Hände. „Dann geht mal wieder fein zu Mami und
Daddy. Auf solche Loser wie euch kann ich verzich-
ten."

Er drehte sich um und schlenderte über den Spielplatz in Richtung Straße.

„Eh, Marvin, warte doch mal", rief Nicolas ihm nach.

In diesem Moment ging in dem Haus neben dem
Spielplatz Licht an und kurz darauf ein Fenster auf.

„He, ihr drei. Macht euch nach Hause. Ich rufe die
Polizei. Hier ist abgesperrt", rief eine Männerstimme.

Marvin, der im Halbdunkel stand, hob den Kopf.

„Krieg dich wieder ein Opa", rief er und schlenderte
weiter. Bastian, in der Angst erkannt und an seinen
Vater verraten zu werden, setzte mit großen Schritten
Marvin nach.

„Warte doch", rief er und sah sich zu Nicolas um, der
auch angetrabt kam. An der unteren Hausecke holten
sie Marvin ein.

„Also gut", sagte Bastian. „Wo willst du mit uns
hin?"

Marvin grinste. „Kommt mit, sind bloß paar Meter."

Das Gebäude der ehemaligen Plauener Damenkon-
fektion an der Ricarda-Huch-Straße war schon viele
Jahre dem Verfall preisgegeben und nur nachlässig

geschützt.

Marvin war hier bereits mehrfach in der Ruine gewesen, aber immer tagsüber und allein. Jetzt, fast um Mitternacht, hatte es natürlich einen eigenen Kick.

Nicolas sah das Gebäude stirnrunzelnd an.

„Das?", fragte er ungläubig. „Was soll daran besonders sein?"

Marvin blieb so plötzlich stehen, dass sein Kumpel auf ihn auflief.

„Wenn du eine bessere Idee hast, nur zu."

Nicolas brummte etwas unverständliches und Marvin nickte. „Na also", sagte er und ging voran.

Er kannte die leicht zu öffnende Seitentür von seinen bisherigen Besuchen. Erst als auch Bastian hereingekommen und die wackelige Holztür hinter sich geschlossen hatte, beleuchtete Marvin mit seinem iPhone die Wände, die voll mit Graffitis waren.

Überall lag Unrat herum, Matratzen, alte Müllsäcke, undefinierbare Gegenstände.

„Und wenn hier Penner hausen?", fragte Nicolas, der eine der Matratzen, eben der ein Kerzenstumpf und ein Topf standen, näher inspizierte.

„Na die verpfeifen uns mit Sicherheit nicht, die können doch froh sein, wenn sie hier unentdeckt bleiben", sagte Marvin lockerer, als ihm tatsächlich zumute war. Daran hatte er nicht gedacht, aber er würde das und die Tatsache, dass er ein mulmiges Gefühl deswegen hatte, um keinen Preis vor den beiden zugeben. „Gehen wir nach oben", sagte er.

Die Treppen waren überraschend stabil, wenn auch

ebenfalls komplett zugemüllt. Oben betraten sie einen riesigen Raum, der wohl mal eine der Produktionshallen gewesen sein musste.

„Hier gab es 1918 ein schweres Explosionsunglück mit fast 300 Toten. Die meisten sind verbrannt, weil sie nicht rauskamen. Die Fenster waren vergittert", sagte Marvin und deutete auf die lange Fensterreihe.

„Boah", machte Nicolas. Eines musste man Marvin ja lassen, er wusste eine Menge. Ein richtiges wandelndes Wikipedia.

„Die Geister der Toten spuken hier immer noch", sagte dieser jetzt mit tiefer Stimme.

Bastian lachte leise. „Spinner", sagte er nur.

Dann streckte er den Hals. „Eh, leuchte mal da in die Ecke", sagte er plötzlich aufgeregt.

Marvin trat neben ihn und tat, was er sagte. Die untere Hälfte einer Matratze war zu sehen und weiße Schuhe. Langsam gingen die drei Jungs näher heran. Jetzt sahen sie auch weißbestrumpfte Beine und einen gebauschten Spitzenrock.

„He, eine Puppe, eine Schaufensterpuppe", sagte Nicolas und ihm war die Erleichterung anzuhören.

Bastian beugte sich weiter nach vorn und schnellte so plötzlich zurück, dass er fast Marvin zu Fall brachte. Er war leichenblass und zitterte unkontrolliert.

„Das ist keine Puppe. Das ist eine Tote."

-Ende der Leseprobe-

ISBN: 9783748174561

Lebensborn: Erster Fall für Katherina "Kate" Schulz

Warum wurde ihre Großmutter ermordet? Katherina "Kate" Schulz, Special Agent beim FBI in Atlanta erhält einen Anruf aus Deutschland von der dortigen Polizei. Kurzentschlossen fliegt sie nach Deutschland, in ihre Heimatstadt Plauen, die sie als 15- jährige, gemeinsam mit ihren Eltern, verließ. Der Mordfall an ihrer Großmutter erweist sich als rätselhaft, zumal es kein Motiv zu geben scheint. Für Kate gibt es plötzlich noch ein anderes Rätsel, das Rätsel über ihre Familie.

ISBN: 3749481873

Golem: Zweiter Fall für Katherina "Kate" Schulz

Kate Schulz, ehemalige FBI Agentin, ist nach Deutsch-land zurückgekehrt und hat in ihrer Heimatstadt Plauen eine Detektei und Personenschutzfirma gegründet. Über mangelnde Aufträge kann sie sich nicht beklagen, was Neid bei Konkurrenten hervorruft.

Nebenbei ist sie noch immer auf der Suche nach ihren Wurzeln, denn bei ihrem ersten Besuch in Deutsch-land musste sie erfahren, dass ihre Mutter adoptiert wurde. Und ein Vermisstenfall, der von der Polizei nicht als solcher gesehen wird, führte sie über den Jakobsweg nach Prag und in eine lebensgefährliche Situation.

ISBN: 9783749499847

Entführt: Dritter Fall für Katherina "Kate" Schulz

Kate Schulz, ehemalige FBI Agentin, hat sich in ihrer Heimatstadt Plauen fest etabliert. Während sie langsam ihrem Familiengeheimnis et-was näher zu kommen scheint, treten die Eltern einer entführten Zehnjährigen an sie heran. Die Bedingung des Entführers: 500.000,00 Euro in bar, keine Polizei und Kate Schulz muss das Geld überbringen.

Kate bleiben 2 Minuten sich zu entscheiden.

ISBN: 9783750441101

Methusalem: Vierter Fall für Katherina „Kate" Schulz

Kate Schulz hat ihre Pilgerfahrt beendet und ihre Entscheidungen getroffen. Als sie nach Plauen in ihre Detektei zurückkehrt, wartet ein neuer Fall auf sie. Es soll mysteriöse Todesfälle bei sehr hochaltrigen Bewohnern eines Pflegeheimes geben. Kate entschließt sich, Undercover zu ermitteln, aber wie kann sie das im Pflegebereich?

Ihre alte Schulfreundin Michaela „Michi" Heimat, Inhaberin des gleichnamigen Pflegedienstes, muss helfen.

ISBN 9783750408708

Der Hyde Park Mörder: Erster Fall um Jane MacKenzie und Detektive Inspektor Peter Brown

Der Jugendfreund von Jane MacKenzie, einer jungen Amerikanerin mit englisch-schottischen Wurzeln, wird vom mysteriösen Hyde Park Mörder ermordet. Gemeinsam mit dem Kriminalpsychologen Professor Downsand versucht Jane die Hintergründe der Morde zu entschlüsseln, die sie tief in der englischen Ge-schichte vermutet.

Sehr zum Missfall von Detective Inspektor Peter Brown, der von der Hobbydetektivin alles andere als begeistert ist.

Jane hingegen setzt die Suche fort und erlebt auf dem Schlachtfeld von Culloden eine mörderische Überraschung.